〈注意事項〉

本書には、性的な表現や暴力的な描写が含まれています。これらの表現は、執筆当時の文化や価値観を反映したものであり、現代の基準にはそぐわない描写も存在するかもしれません。

作品内でのこれらの行為を肯定する意図はありませんが、不快感や不安を感じる可能性がある方は、ご自身の判断でご覧いただくことをお勧めします。

なお、本作は昭和58年11月22日から昭和59年1月22日まで、スポーツニッポン新聞に連載されていた「映画人競作ポルノ」第四弾「雑魚寝」をそのまま掲載しておりますが、一部、修正を加えてあります。

雑魚寝

関本郁夫著

スポーツニッポン新聞連載・映画人競作ポルノ第四弾「雑魚寝」より
（昭和58年11月22日～昭和59年1月22日）

目次

序文

加藤雅也

関本節炸裂の強烈な本

プロフィールでは僕のデビュー作は『マリリンに逢いたい』（1988年7月16日公開―松竹映画）となっていますが、実は『クレージーボーイズ』（1988年10月29日公開―松竹映画）の方が先に撮影していました。ところが、紆余曲折あって『マリリンに逢いたい』が先に世に出ることになりました。

その『クレージーボーイズ』の監督が関本郁夫 監督です。

『クレージーボーイズ』のキャンペーンで全国を回った時、監督から色々と話を聞きました。

『女番長《スケバン》 玉突き遊び』では、主演女優の叶優子さんが怪我をして撮影が中途でストップ。

『六連発愚連隊』は撮影直前で製作がストップ。主演を務めるピラニア軍団の作品の成績が芳しくなかったからだと。

そして、僕のデビュー作も『クレージーボーイズ』から『マリリンに逢いたい』になってしまった。

関本監督の「運やな・・・」と呟いた顔が忘れられませんでした。

その後『残俠《ざんきょう》』という映画でご一緒しましたが、僕は当時アメリカに住んでいたこともあり監督ともしばらく会うことはありませんでした。

今から7年ほど前だったでしょうか、横浜の小さな映画館で『クレージーボーイズ』が特別上映され、監督が舞台挨拶されるということで僕も駆けつけました。

そこで久しぶりにお会いしました。

「おおお　元気でやっとるか？　仕事はしとるか？」

と声を掛けてくれた監督に「監督はどうしてるんですか？」と聞くと

「もう十年程、撮ってないなぁ」とのことでした。

それからちょくちょく会うようになり、話の流れで何か撮りたかった作品はないんですか？　という話になった時、「『雑魚寝』という脚本があって、今までワシが見てきたことを二人の女優に集約して書いたんや！　シャシン（映画）にしたかったな…」と。

見せてもらうと、関本節炸裂の強烈な脚本でした。

確かに関本監督が『トルコ渡り鳥』のようなドキュメンタリーテイストで撮ると面白い映画になると思いました。

それで、なんとか撮らせてあげたいと倉谷宣緒プロデューサー（『クレージーボーイズ』撮影時の元マネージャー）と動きましたが、大きな作品を撮ってきた監督にはもはや低予算での撮影は難しい、脱ぐことが可能な二人の若い女優が必要などの色々な障害が立ちはだかり、なかなか実現できませんでした。

そこで、写真集という形で「雑魚寝」を表現できないか？

スターになった主人公がインタビューで過去を告白する設定の短編映画で表現できないか？

など色々と考えましたが実現に至りませんでした。

そして、女優の星ようこさんによって朗読公演（大人の読み聴かせ）という形になりました。

コロナ禍ではありましたが、多くの関本監督ファンが来てくださいました。

その後も色々と試行錯誤を繰り返しましたが、残念ながら映画化には至っていません。

そうやって7年もの時が過ぎ、監督も年齢的に現場を仕切るのはしんどいということになりました。

それで、監督がスポーツニッポン新聞に連載した小説を書籍化することで、「雑魚寝」という作品がこの世に存在したことを残そうということになりました。

少しでも多くの方々に読んでいただければ嬉しいです。

挿絵として僕の写真のライブラリーより「雑魚寝」のイメージがする写真を提供させていただきました。

今回の出版の趣旨を理解し写真の使用を快諾してくださった、モデルの矢沢ようこさん、ありがとうございました。

二〇二四年九月六日

◎写真　短編映画『純愛』スチール写真と広島第一劇場のメモリアル写真より

由紀の中心部に突然、谷垣の手

った。

「まあ、きれい……」

滝沢由紀は手にしたハシを思わずとめて声を発していた。

京都の北山に一点の火がついた。それはたちどころに広がり〝大〟という文字を鮮やかに夜の闇に形作った。

〈よう燃えている……もっと燃えろ……もっと〉

由紀の大きな瞳は、初めてみる大文字焼《だいもんじ》きの〝大〟という文字をみつめて、異様な光を放って輝いている。

「由紀、いっちょ、清水《きよみず》の舞台から飛び降りたつもりでやってみんか」

「こんなチャンスは二度と来んぞ」

大京映画京都撮影所のプロデューサー、谷垣仙吉は、大文字焼きなどまったく眼中にないというように由紀の顔を覗き込んだ。

「おまえも知っての通り、大京映画の運命は風前の燈火《ともしび》。いつ潰れるや判らん。潰れて会社がなくなった時、一本主演作品があるかないかではえらい違いや。大京映画はなくなっても滝沢由紀の女優としての名は残る」

「谷垣さん」

低い押し殺した由紀の声であった。

「やらせてください。裸になるなんて問題じゃありません。女優になろうと決めた時からそれくらいの覚悟はしていました」

たった今、食事を終えたばかりの賀茂川《かもがわ》の桟敷《さじき》の下の石塁を、谷垣と由紀は肩を並べて歩いていた。大文字の夜だったので、河原はかなりのアベックで賑わっている。

由紀と同じ年ごろの十八、九の娘が、男の肩へ手をまわして激しく抱擁している。それを見ても、今の由紀には、なんの感情も湧いてこない。住む世界が違うのだ。

大京映画のニューフェース試験に合格して、京都撮影所に配属されて五カ月、突然めぐりきた主演女優のチャンス。

〈恋など愛などいっている暇はわたしにはない。なにがなんでもこのチャンスをモノにしなきゃ〉

由紀の絹のように細くて長い髪が風に揺れ、ほおにひっかかった。

「きれいだった、大文字……」

「由紀、おまえさんの体も、あの大文字の火みたいに燃えるかな」

「えっ……」

思わず由紀は谷垣を見た。

薄いグレーのサングラスの奥にずるそうな谷垣の目があった。

ふいに谷垣の歩む足がとまった。手が伸びて、由紀の頬にひっかかった黒髪をすくった。

「きれいな髪や……」

その手は髪を離れ、鶴のように細くて白い首をなぞって、突然、由紀の下半身の中心部に押し当てられた。

「あっ……」

思わず由紀は息をのむ。瞬時、まるで、金縛りにでもあったように体の自由を失った。

雑魚寝〈2〉昭和58年(1983年)11月23日(水曜日)

〝主演〟獲得へ由紀、大胆な決断

「ここの髪も、頭の毛みたいに細かくてきれいかな」

谷垣の手は、布地越しに由紀の中心部をグイとつかんだ。

「あっ!」

「おまえさんのここ、大文字の火みたいに燃えるかな」

「……」

ふいに谷垣は由紀を抱き寄せた。そして、そのやわらかい由紀の唇を吸った。

「ホテルへ行くが、ええな」

由紀は谷垣を見た。

〈この男に主演女優というエサをつけて、わたしの体を釣り上げようとしているが、しかしそのエサに食いつかない限り、このチャンスはものに出来ない〉

由紀は目でうなずいた。

由紀と谷垣を乗せたタクシーは、比叡山《ひえいざん》ドライブウェイをノロノロと走って、山頂に建つホテル前でとまった。

黒々と横たわる東山の向こうに、京都の街の灯が、真珠のようにキラキラ輝いている。

由紀はホテルの一室のベランダから、そんな京の夜景をみつめていた。浴室からは、シャワーの音がかすかに聞こえてくる。

「大文字もきれい……街の灯もきれい……だが」

由紀は、そこから先をいおうとして、口を閉じた。後は心の中にしまった。

〈……なのに、この一室の男と女は醜《みにく》い。これから好きでもない、愛もない、ただ利害関係だけの男と女の肉欲の世界が展開する……だが、それが、わたしの選んだ道、芸能界……〉

「裸になって見せてくれんか」

「えっ」

いつの間に浴室を出たのか谷垣は、浴衣に着替えて、ソファにもたれて、ビールを飲んでいた。

「おまえさんの体が、商品になるかどうか見たいんや」

「電気、消して下さい」

「バカ、電気を消しちゃ、おまえの体がよう見えん」

「でも」

「アホ、これから『おんな牢・責め地獄』を主演しようというのに、こんなことくらいで恥ずかしがってて、どないするねや。スタジオじゃ何十人というスタッフがおまえの裸を見るんやぞ」

有無をいわさぬ谷垣の目が由紀の体に注がれていた。

ゆっくりと由紀の手が上着のボタンに伸びた。そこから先は早かった。アッという間に上着を脱ぐと、スカートを滑らせ、ブラジャーとパンティーを、まるで捥《も》ぎ取るように投げ捨てた。そして、一糸まとわぬ生まれたままの姿を、谷垣の前におしげもなく露出した。

〈谷垣さん、わたしの体、商品になります?〉

そこには先ほど、谷垣が「裸になれ」といった時、一瞬みせた恥じらいなどはみじんもなく、口元には微笑さえ浮かんでいた。

指をはじき返す弾力ある乳房

雑魚寝〈3〉昭和58年（1983年）11月24日（木曜日）

由紀は、比叡山のホテルの一室で、一糸まとわぬ、その見事な裸身を谷垣の前にさらしていた。

思わず谷垣は生つばを飲んだ。

「こんなええ体をおれは生まれて初めて見た」

そこに露出《ろしゅつ》する由紀の姿態《したい》は、なまめかしい最高の芸術品そのものであった。華やかな美貌《びぼう》を鶴のような細い首が支え、その下に豊かすぎる乳房が、自分の重さをつきあげるように上に向いている。その乳房に二、三本の青い血管が浮いて走っていた。それほど白い雪のような肌であった。細いウエストの下にたくましいでん部が広がり、その中心部に細いやわらかな草原がある。その草原が夜風で一瞬、揺らいだ。

揺らいで、怪しい芳香《ほうこう》を放って、それは谷垣に語り掛けた。

〈わたしのここ、大文字の火より激しく燃えるわよ〉

息の詰まるような長い沈黙があった。

谷垣は一息でビールを飲んだ。

「思うた通りの体や、……これなら商売になる。日本中の男が、この体を求めてスクリーンの前に集まってきよる……ホンマ、ええ体や……」

京都で生まれ、京都の大学を卒業して、大京映画・京都撮影所に入社した根っからの京都人、谷垣仙吉は関西人特有の粘っこい視線を由紀の裸身にからめ、穴のあくほど鑑賞した。

「由紀」

突然、谷垣は由紀を引き寄せると、その分厚い唇を由紀の唇に重ねた。舌を差し込み、むさぼるように吸った。

左手の指が乳房に伸びた。瞬間、その指は乳房の中にのめり込んで、弾きかえされた。五指の中では掴みきれない、豊かな弾力のある乳房であった。

谷垣の舌は唇から離れ、その危なっかしい細い首筋に移動した。

「素晴らしい体や……お前の肌が舌にからんで吸いついてきよる」

谷垣は、由紀の耳元に熱い吐息を吹きかけながらささやいた。

「…この体、やがてスクリーンの中で男の玩具《おもちゃ》になりよる。その前におれが貰う」

「……」

「その代わり、おれはおまえをスターにする。有名にして、金を儲けさせてやる」

由紀の乳房を握ってはつぶし、その弾力ある皮膚の感触を存分に楽しんでいた左手が、急に乳房から離れて、由紀の手を取って、自分の浴衣の中に導いた。

「あっ」

思わず由紀は声をもらした。

そこには下着はなく、すでに怒張《どちょう》しきって火柱となった男のモノが、直接、由紀の手に触れた。

指の攻撃に火の戦りつが…

雑魚寝〈4〉昭和58年(1983年)11月25日(金曜日)

由紀の手が煮えたぎる谷垣のモノに触れた。その瞬間、由紀は小さな叫び声をあげて逃げたが、谷垣はそれを許さない。強い力で押さえつけた。由紀の手の中で股間のいちもつは、ピクンピクンと、まるで生き物のごとく脈打っている。

「どうや、おまえが欲しいいうて、うずいとるやろ」

由紀の手の中に今、隆々たる男のシンボルがある。それは由紀にとって初めて触れる世界であった。彼女には過去、一度だけ性体験がある。が、それはむりやり犯された、いわば交通事故みたいなもので、正確には性について何も知らないといった方がよい。

すべてを承知して、覚悟の上で、谷垣についてホテルにきたものの、やはり初めての衝撃に由紀は動転していた。顔がほてり、のどが渇き、今にも気を失いそうであった。

「た、谷垣さん」

「なんや」

谷垣はのぞき込むように由紀を見た。

「どうした」

由紀は答えない。恥ずかしさのためかポッと頬が赤く染まり、カチカチと歯が鳴っている。

「おまえさん、まさか初めてやないやろ」

「……」

谷垣は、自分のモノから由紀の手が逃げないことを確かめると、自分の手を、由紀から離した。そしてその手は胸から腹、そしてプリンと張った二つの丘を蛇のようにはいずり回って、こんもりと茂った草むらをかき分け、その奥にある花弁の園へグイッと差し込まれた。

「ああーっ」

瞬間、やけどのような戦りつが由紀の全身に走った。

「やめてください」

思わず由紀は腰を引いた。引いたと同時にグイとさらに指は奥に深く差し込まれた。

「や、やめてください……お願い、谷垣さん」

「由紀」

谷垣は羞恥《しゅうち》にゆがんだ由紀の顔を楽しそうに見やりながらいった。

「ようぬれとる……おまえのここ」

差し込まれた谷垣の指の手応えは十分であった。

花弁はたっぷりと蜜を含んで熱く燃えている。

「や、やめて」

由紀は谷垣の指の攻撃から逃れようとした。が、体が突きあげてくる快感に反応してしまっていた。谷垣の執ような指の攻撃に由紀は、もはや立ったままの姿勢を保てず、ヘナヘナと腰が砕けた。その瞬間、谷垣の腕が支えた。四十五歳の中年男のどこにそんな力が秘められていたのであろう。谷垣は軽々と由紀を両腕に抱えると、ベッドに運び、横たえた。

拒絶する由紀に突如快感が…

雑魚寝〈5〉昭和58年（1983年）11月26日（土曜日）

ベッドの上にぬけるような白い由紀の裸身がある。ぴっちりとすき間もなく膝まで合わされた形のいい長い足が、自身の中心部を隠すように斜になっている。その両足首を谷垣は掴んで荒々しく広げた。

「や、やめてっ」

由紀は羞恥《しゅうち》のあまり、思わず足を閉じようとしてもがいた。

谷垣は委細《いさい》構わず強引に股《また》を大の字に広げ、由紀のすべてをあらわにした。そこにはやわらかな草原の奥にある花弁が、見事なピンクの花を咲かせていた。

「こんな恥ずかしい……やめて、お願いです」

「きれいなサーモンピンクや……おまえのそこ、まだあまり男を知らんな」

「やめて……」

由紀はひわいな自分の様を想像して叫んだ。

「きれいな女は、男にちやほやされることに慣れとる。物みたいに扱うねや。いじめて、いじめて焦《じ》らすんや。それが女を自分のものにするコツというもんや」

と、いつか谷垣は仲間のプロデューサーに話したことがある。それを今、彼は由紀の肉体で実行しているのだ。

谷垣は嗜虐的《しぎゃくてき》な笑いを浮かべて突然、花弁の中に咲くピンクの花に顔を埋めた。

「あっ」

由紀は悲鳴のような声を上げた。

谷垣の舌が由紀の花園に割って入り、ときに強く、ときにゆるやかに内壁をはいずり回った。

「そんなこと……やめてください」

由紀は谷垣の舌の攻撃からのがれようと、必死に身をよじって、ずった。頭がベッドの壁に当たった。と、突如、由紀の体中をゾクッとするような快感が、走り抜けた。由紀の口が大きく開いて、真っ白な歯がのぞいて見えた。その歯に、生暖かいものが当たった。

「なめろ」

谷垣の声に由紀は、薄く目を開けた。いつの間に体を回転したのか、目の前に谷垣の巨大なシンボルが息づいている。

「なめろ」

その時の由紀はもう理性を失った、ただの牝犬であった。勝手に口が動き、気がついた時には、彼のモノをほおばり、夢中でそれに舌をからめていた。

「歯をたてるな……唇で吸え、舌でなめろ」

谷垣の脂の乗った太い腹の下に、由紀の白い裸身がある。顔は太股の間に隠れて見えないが、長い絹のような黒髪が激しく上下に揺れている。

由紀の口にあった谷垣のモノが、ふいに飛び出し、熱い蜜が噴水となって噴き出す場所に、グググッと押し入った。瞬間、激痛が由紀を襲った。

「あーっ」

由紀の体が、痛さのために弓形にそっくりかえった。

我慢できぬ・・口に入れる谷垣

雑魚寝〈6〉昭和58年(1983年)11月27日(日曜日)

谷垣のものを迎え入れて、由紀は痛さにのけぞったが、その痛さは、瞬時にして、めくるめく快感に変わった。

「ああーっ」

由紀の全身が硬直して、幾度となく歓喜の声がもれた。

谷垣は攻撃の姿勢を崩さない。興奮で赤く染まった由紀の肉体を、これでもか、これでもかと執ように攻めたてる。その分厚い唇は、乳房を、きれいにそられた脇の下を蛇のようにはっていく。

「ええ体や……こんな体、おれ、初めてや……」

谷垣はうわ言のように由紀の耳元でささやいた。由紀の顔が一瞬ゆがんで……薄く目が開いた。

「あの」

「何や」

「テーブルのバッグ取って下さい」

「バッグ……どないするねや」

「持ってきて欲しいんです」

「何でや」

「わたしが取ります。あの……」

由紀は谷垣の体を退けてくれと目で訴えた。

「ええ、おれが取る」

谷垣は怒ったようにベッドを降りると、テーブルにあるハンドバッグを引っつかんだ。

「すみません」

由紀はハンドバッグを開けると、中から小さな袋をつかんで谷垣の前に差し出した。

「これ、着けて下さい」

「何や、これ」

「コンドームです」

「コンドーム……おまえ、こんなもんいつも持ち歩いとるのか」

怒ったように谷垣はいった。

「母がせん別にくれたんです」

「……」

「京都にくる時、持っていけって……芸能界いうところは、男の誘いが多いところだから使えって」

「ほう……話のわかるお母さんやな。おまえのお母さん、芸能界知ってるのか」

「銀座でクラブ、やってますから……着けてください」

「おれに、こんなもん必要ない」

谷垣は、それをポイと投げ捨てた。そして、由紀を抱き寄せると、耳元に熱い息を吹きかけた。

「心配せんでもええ。未来の主演女優を腹ボテにするようなまねだけはせん」

谷垣は中止されてしらけた気分を払拭《ふっしょく》しようとでもするように再び由紀の裸身に挑んだ。いやがる由紀を委細構わずひっくり返し、馬乗りになり、その二つの丘の真ん中に押し入った。両手はその豊かな重量感あふれる乳房をもみ砕いた。

突然、谷垣は由紀の体から離れた。そして由紀の黒髪をわしづかみにすると、もはや我慢の限界に達していた自分のイチモツに引き寄せた。

「いや」

髪をつかんだ谷垣の手に力が入った。谷垣のイチモツが由紀の口に納まった瞬間、由紀の厚ぼったい唇からかすかに白い液体が流れて、ほおを伝った。


「おまえの体は〝男殺し〟や」

雑魚寝〈7〉昭和58年（1983年）11月28日（月曜日）

惚《ほう》けたような谷垣と由紀が、生まれたままの姿をベッドに投げ出していた。

谷垣のモノを飲み込んだ由紀の唇が、赤くぬれて、そこだけ妙に生々しく映ってみえた。

〈こんなはずではなかった……〉

由紀は自分自身の肉体の反応に戸惑っていた。

〈谷垣とは利害関係だけの関係〉

そう割り切って由紀は谷垣に抱かれた。だが、谷垣の嗜虐性《しぎゃくせい》に満ちたセックスに、由紀の体は微妙な反応を示し、ついにはよがり声をあげ、ホテルに入るまでは想像だにしなかった男のモノを口にくわえるという狂態を、由紀は自分自身から行ったのである。確かにその行為を谷垣は由紀に強制した。だが由紀は、それに対して何の抵抗も示さず、自ら積極的にその行為に応じた。

〈わたしの体の中にも母と同じ淫蕩《いんとう》な血が流れているのかしら……〉

一瞬、由紀は自分自身の肉体を空恐ろしく思った。

「おまえみたいな体、おれ、初めてや……」

谷垣の手がゆっくりと由紀の下腹部に伸びて、やわらかいくさむらをかきわけ、まだ余韻で熱くぬれた花園に指二本、差し込んだ。

「指にまで吸いついてきよる。ほら、また吸いつきよった……。おまえ自分で吸いついているのがわかるか」

由紀は首を振った。

「そうか、男のモノがここに入ったら勝手に反応するんやな……。これがキンチャクたらいう名器か、噂には聞いてたけど、初めてお目にかかった……」

「わたしのそこ、いいんですか」

かすれた由紀の声であった。

「ええなんてもんやない。おれのモノが入るとな、餌にむらがる魚みたいに、おまえのモノが一斉におれのモノをつつきよるんや……。ええ具合や。もう少しでおまえの中で出してしまうとこやった……」

「……」

「ホンマ、男殺しやでおまえの体……」

〈男殺しの体……〉

由紀は心の中でつぶやいた。

由紀はこの言葉を聞いたのはこれで二度目である。一度目に聞いた……あの日の事が鮮明に由紀の脳裏によみがえった。

それは彼女の高校三年の時であった。

その日も暑い夏の夜であった。

来春の大学入試に備えて由紀は、連日深夜遅くまで勉強していた。

その疲れが出たのか、いつしか由紀は、うとうとと机に突《つ》っ伏《ぷ》してしまった。

首筋に異様な生温かさを感じて、由紀は目を覚ました。

「……おじさん」

思わず由紀は後退した。

目の前に、テカテカと脂《あぶら》ぎった篠原輝彦の顔があった。

母の愛人に押し倒され由紀は・・・

雑魚寝〈8〉昭和58年(1983年)11月29日(火曜日)

「由紀ちゃん」

叫びざま、篠原は由紀に覆《おお》いかぶさってきた。

「あっ」

反射的に由紀は身をかわそうとしたが、それより早く、篠原の腕が由紀をかかえ込んでいた。酒臭いにおいがプンと由紀の鼻をついた。

「おじさん、何するのよ」

由紀が「おじさん」と呼ぶこの脂ぎった中年篠原輝彦は、由紀の母の愛人である。週に一、二度、このマンションを訪れ、由紀の母、絹代と夜を共にしていく。

この日も篠原は絹代と夜を共にすべく訪れた。時は午前三時を回ったというのに、絹代はまだ帰宅していない。こんなことは毎度のことで篠原は別に気にもとめていない。

「あのバカ、また、客と飲み歩きやがって」

篠原は舌打ちして、棚からブランデーを取り出すとストレートであおった。その時、冷たい風が篠原の頬をなでた。むし暑い夏の夜だったので、その冷たい風は、酔った篠原には心地よかった。篠原は何気なく風の吹いた方向に顔を向けた。

風は開け放たれた由紀の部屋のドアから吹いていた。そのドアの向こうに由紀が机につっ伏して眠っている。

「由紀のヤツ、今日はワシがこないと思ったんだな」

篠原は苦笑してつぶやいた。

彼がつぶやいた通り、由紀の部屋のドアが開けっ放しのままになっているなどということはめったにない。

由紀は篠原との接触を極端に避けていた。彼と会っても、ペコリと頭を下げるだけで、ほとんど口を利こうとはしない。そんな由紀が、ドアを開けっ放しで眠ってしまったのは、よほど受験勉強で疲れていたのであろう。

　淡い蛍光灯のあかりの下で、ホットパンツからぬけ出た長い白い二本の足が浮いてみえた。

　それは妙に生々しく篠原に映った。

　彼が由紀に初めて会ったのが、由紀の中学一年の時である。その時は、まだあどけない、背のヒョロヒョロと高い美少女であったが、高校に入ってから急に肉が付き始め、大人っぽい雰囲気を全体に漂わせた。

　いつの日か、篠原は絹代とむつみ合っている時、聞いたことがある。

「由紀、まだ処女かな」

「決まっているじゃない」

「そうかな、近ごろの娘はすごいっていうぞ」

「由紀は処女よ……なんなら賭けてもいいわよ」

「賭けてもいいって……どう調べる」

「あんたが調べりゃいいじゃないの」

「ワシが……いいのか、おまえ」

「欲しいんでしょう」

「そりゃ」

「そのうち誰かにやられるんだから、あんたなら上手だし……なんてったって、あんたには由紀も世話になってんだから」

　今、ブランデーを飲みながら由紀をみつめる篠原の脳裏に、絹代と交わしたあの時の会話が鮮やかに聞こえてきた。

由紀の処女は奪われた

雑魚寝〈9〉昭和58年（1983年）11月30日（水曜日）

「何するのよ、おじさん」

由紀は自分に覆《おお》いかぶさる篠原をなんとか払いのけようと執ように抵抗した。

「欲しいんだ。由紀ちゃん、おまえさんを」

「やめて」

「ずっと前からお前さんを欲しかったんだ」

長い由紀の二本の足が、バタバタと畳をけった。篠原のゴツゴツした手が由紀のTシャツをたくしあげる。

白いまろやかな盛り上がりが現れ、やがて二つの乳房が露出した。誰にも触れさせたことのない乳首が、熱いピンクの色をにじませ立っている。

「やめてったら」

由紀はありったけの力で篠原の体をつき飛ばした。

篠原が倒れたそのスキに、由紀は部屋を飛び出そうとしたが、それより早く篠原は起き上がっていた。

「由紀、おまえはお母さんと随分違うんだな。お母さんは男がいなきゃ、夜も日もあけぬ女だ」

「お母さんの悪口いうのはやめて」

「ほう……なかなか親孝行な娘だ。いい娘だ」

篠原は微笑した。が、その目は笑ってはいない。獲物を狙う野獣のようにランランと輝いている。

篠原は由紀との距離をつめた。

「おまえの体をワシがもらうのは、お母さんも承知なんだよ」

「お母さんが承知……」

「ああ、おまえさんが処女かどうか二人でかけたんだ。調べるのがワシの役目」

「そんな」

「もっともかけたってのは、その時の言葉のはずみだろうがね。おまえのお母さんが娘をワシに売ったことは確かだ。今まで、おまえたち親子に尽くしてやったワシへの礼って訳だ」

「……礼」

あまりの衝撃に、由紀のその言葉は、ほとんど声にならなかった。

ただ、ガタガタと体が震えた。

「何しろつぎ込んだからな、おまえたち親子には……絹代に銀座の店を持たせたうえ、このマンションの頭金だってワシが出してやったんだ……そうそう、由紀ちゃんの高校へ進学する時の入学金だってワシが出してやったんだよ。せっせとワシは家を売って、不動産でもうけちゃおまえたち親子に貢いでいたんだ。由紀ちゃんの体ぐらいもらっても罰はあたるまい」

篠原の手が由紀の肩に触れた。

その瞬間、由紀の全身の力が抜けた。フラリと倒れて由紀は、したたか机の脚に頭を打った。

その後の記憶は由紀にはない。

どこか遠くで篠原の声を聞いたような気がした。

「やっぱり絹代、おまえの勝ちだ。由紀は処女だったよ」

ぼんやりと由紀は目を開けた。薄くかすれた視界に由紀の母、絹代の姿があった。

〝名器〟の娘にしっとする絹代

雑魚寝〈10〉昭和58年(1983年)12月1日(木曜日)

絹代の目の縁が、アルコールのためか赤く染まっている。だが、由紀の裸身をみる絹代の目は酔ってはいなかった。自分の娘の見事な裸身に目を見張っていたのである。

〈なんてきれいな娘なんだろう……〉

自分の娘ながら、絹代はほれぼれと由紀をみつめた。同時に、女としての強いしっとが炎のごとく燃えあがってくるのを禁じえなかった。

ゆっくりと篠原は由紀の体から離れ、パンツをつけた。

「こんな体……ワシ初めて知った」

「何よ」

「男を殺す体や、この娘の体は」

「それどういう意味よ」

「名器……ということだよ」

「名器」

「そう、由紀のオ×コ、ワシのモノに一斉に食らいついて、ピクピクピクピク吸いつきよるのよ。生まれて初めて桃源郷《とうげんきょう》を彷徨《さまよ》うた」

ポンと絹代の肩を叩いて、篠原は部屋を出て行った。

部屋の中に素っ裸の、たった今犯された娘と、酔っ払って帰宅した母が残った。

絹代はみた。由紀の処女の証《あかし》を……。

それは由紀の太ももの内側に点々と付いていた。

絹代は由紀の裸身に何か掛けてやろうと思ったがやめた。由紀の裸身は娘の体というよりも、あまりにもそれは、女の肉体でありすぎた。

自分の愛人である篠原に名器だと絶賛された由紀。たとえ娘であっても、女の絹代のプライドが許さなかった。

絹代は荒々しくドアを閉じて出て行った。

部屋に由紀が一人残った。

スッと一条の涙が由紀の目から滑り落ち、ほおを伝って流れた。

どのくらいの時間、由紀はそのままの姿でいたのであろう。やがて、ゆっくりと体を起こした。ノロノロと衣服を身にまとうと、ドアを開けた。浴室に行きたかったのだ。

篠原の唾液と汗と精液で汚れたこの体を洗い流したかったのだ。

薄暗い応接間を由紀は、ふらつく足で歩いた。

「うっ」

動物的なうめき声が奥の部屋から流れてきた。

思わず、由紀は足を止めた。それは、幾度となく聞かされた絹代のよがり声である。

「ねえ、由紀とあたしとどちらがいいか、いって」

「そんなこと、どうでもいいじゃねえか」

「よかないわよ、由紀なんでしょう。かまわないからいって」

「うるせえなあ」

由紀は絹代の部屋の扉をにらみすえていた。

「ねえ、どっちがいいのよ、いってちょうだい……ああっ」

扉の向こうから絹代の狂気せんばかりの声が届いた。

由紀は、ゆっくりと歩いた。そして、絹代の部屋の扉のノブに手を掛けた。


雑魚寝〈11〉昭和58年（1983年）12月2日（金曜日）

騎乗位で篠原を〝攻める〟絹代

カチャッ……カギが外れて扉が開いた。

ゆっくりと由紀の体が室内に滑り込んだ。

煌々《こうこう》たる灯りの下、ベッドの中で篠原と絹代が素っ裸でもつれあっている。

「由紀ちゃん」

篠原は扉の前に立つ由紀をみて、あわてて絹代の体から離れようとした。が、絹代がそれを許さなかった。

両腕、両足が篠原の体をしっかりかかえ込んで離さない。

由紀は、そんな二人をまるで物でもみるような目でみていた。

「ああーっ」

絹代は一声うなって、髪を振って体を回転させた。そして、篠原に馬乗りになり、女性上位の体位をとった。

由紀は絹代の体を凝視《ぎょうし》する。

子供を一人産んだ四十三歳の女の体とはとても思えぬ均整のとれた肉体であった。

しっかりと肉のついたお尻が、まるで蛇のようにクネクネとくねり、成熟した重い乳房が激しく揺らいだ。

絹代は突然、腰の回転運動をやめた。そして、両腕をしっかりとベッドで支えると、腰をうかせた。たっぷり蜜をふくんでぬれた篠原のモノが黒く光って露出した。

〈あんな大きなモノがあたしの体の中に入ったのだ〉

由紀は凝視する。

ゆっくり、実にゆっくりと絹代の腰が沈んで篠原のモノを半分くわえ込んだ。半分くわえ込んだと思ったら、素早く腰が浮いて、再び濡れたモノが現れた。その行為を何十回と絹代は繰り返し行う。次第にリズムが早くなる。

時折、由紀を気にしていた篠原も今はその存在をすっかり忘れたかのように、絹代との行為に夢中になっている。

「うっ」

篠原はうめいて、よがり声をもらして顔を左右に振った。

絹代は行為のリズムをますます早めた。そして、チラッと由紀を見た。その目は勝ちほこったように由紀に語り掛けていた。

〈おまえみたいな小娘に、負けてたまるもんか〉

絹代は深々と腰を沈めた。

「あっ」

「うっ」

同時に二人は果てた。二つの、男と女の肉体は硬直したまましばし微動だにしなかった。

やがて、グッタリと二つの肉体は崩れ、荒い息遣いが室内に響いた。

「おじさん」

それは妙に明るい由紀の声であった。

篠原と絹代の目が同時に開いて由紀をみた。

「わたしとお母さんとどっちがいいか……わたしもしりたいわ」

「由紀ちゃん……」

惚けた顔で篠原は由紀をみた。

「あなたにしか答えられないんだから、いってよ」

私とお母さん、どっちがいい？

雑魚寝〈12〉昭和58年（1983年）12月3日（土曜日）

受験勉強で疲れて眠ってしまった由紀を強引に犯した男、篠原と、それを承知していた母、絹代……。その二人の獣が抱き合い、あられもないよがり声を発して昇りつめた情事のてん末を、部屋に侵入してみていた由紀は、篠原に声を掛けた。

「わたしとお母さんとどちらがいい」

「そう。わたしも聞いたけど、あなた答えなかったわね。聞かせてもらいましょう」

言い終わって絹代は由紀をみた。目と目が合った。それは母と娘ではなく、メスとメスとのぶつかり合う目と目であった。

「よせ、バカバカしい」

篠原は乱暴に絹代の体を押しのけるとベッドを降り、その手を絹代が取った。

「答えてよ」

バシッ！　いきなり篠原の平手が絹代に飛んだ。

「いい加減にしろ」

篠原は衣服を引っつかむと身にまとい始めた。

「あなた」

顔を押さえて、絹代が起き上がった。

その目は異様にひきつっている。

「娘を犯しといて、よくもわたしをぶつようなまねが出来たわね」

「あんまりしつこいからだ」

「あやまれ、あたしと娘の前に両手をついて、悪うございましたって、あやまれ」

「バカな……ワシは帰る」

「帰るんなら帰れ、そのかわり二度とここにはくるな」

篠原は無言で出て行こうとした。

「おじさん」

由紀の声に篠原は振り返った。

「わたしを抱いてこのまま帰るつもり」

「……どうすりゃいい」

「おこづかいくらい置いていくのが当然じゃない」

「幾らだ」

「気持ちだけでいいわ……おじさんには高校の入学金も出してもらったことだし」

篠原は内ポケットから財布を取り出すと、一万円を数枚引っこ抜いて由紀に握らせた。

「こんでいいかな」

「おじさん」

「う?」

ビリビリ……篠原の目前で由紀は、一万円札を真っ二つに引きさいた。そして、それを彼のポケットにねじ込んだ。

「おじさんにお世話になった分は、さっき体で返したわ……一回で足りないようだったらいってちょうだい。抱かれてやるから」

「……おまえ」

篠原の顔がみるみる赤くなった。体が憤怒《ふんぬ》でガタガタと震えた。だが、さすがに篠原も高校三年の由紀には手が出せなかったのであろう、靴音を響かせて出て行った。

深夜の室内に由紀と絹代が残った。

由紀はその時、体中から突き上げてくる悲しみと必死に闘っていたのである。だが、由紀の口から吐き出た言葉は、凛《りん》としていた。

「お母さん……あいつ（篠原）にわたしを売ったの？」

母のせん別…小箱の中には

雑魚寝〈13〉昭和58年（1983年）12月4日（日曜日）

篠原が去ったあとの部屋で、母と娘はしばらし、微動だにしなかった。

「お母さん、あいつにわたしを売ったの？」

絹代は由紀の問いに答えない。

「どうなのよ」

「そう……売ったようなものね」

絹代は素っ裸の体にネグリジェを引っかけた。

「……お母さん」

「だってそうだろう。篠原のお陰でおまえもあたしも今日まで暮らしてこれたんじゃないか。あいつがおまえを欲しいといえば、そうするしかないじゃないの！　それぐらいの恩はおまえもあたしも受けてるんだから」

「違うわ」

「……？」

「お母さんは自分の体に自信がなくなったから、娘の体であいつをつなぎとめようとしたのよ」

「もう一度いってみな」

「何度でもいうわよ。お母さんはね、自分の体に……」

バシッ！　由紀の体が吹っ飛んだ。

起き上がった由紀の目前に、逆上した絹代の顔があった。

「由紀、よくも母親にそんな口が叩けるわね」

「母親がよくも自分の娘を自分の男に売れたもんだわ」

バシーッ！　再び絹代の平手が由紀の顔面をとらえた。

「出て行け」

「いわれなくたって出て行くわよ」

「ああ、出て行け、お前の面なんかみたくもないよ。ああ、その顔、おまえの親父《おやじ》にそっくりだ。顔だけやけにきれいで、後は何のとりえもないおまえの親父にそっくりだ。日本中探し歩いて、父親をみつけて食わしてもらいいな」

「お母さん……お父さん死んだんじゃなかったの」

「どこかに生きてるよ。もっとも、おまえが腹の中にいる時に別れたきりだから、どうだか分からないがね。おまえの親父、あたしに何ていったと思う。お前をみごもったといったら〝誰の子だか分かったもんじゃない〟そうぬかしやがったんだ。それっきりどこかへプイさ」

「……」

「おまえの顔みてると、おまえの親父の顔を思い出してむしずが走るんだ。さあ、出て行け。みんな出て行っちまえ」

どこをどう歩いたか由紀は覚えていない。涙が枯れ果てた時、陽が昇っていた。

友人の下宿に転がり込んで、アルバイトをしながら高校を由紀は卒業した。友人のすすめるまま大京映画のニューフェース試験を受けたら合格した。京都への配属が決まった時、由紀は絹代を訪ねた。絹代は篠原ではなく、別の若い男と暮らしていた。

絹代は小さな箱を由紀に差し出し

「これ、あたしのせん別。芸能界というところは、男の誘いが多いところだから役に立つよ」

小箱の中身はコンドームであった。

由紀の双肩に会社の命運…

大文字焼きの日、由紀がプロデューサーの谷垣と比叡山のホテルで夜を共にしてから数日たった。由紀は所長室に呼び出された。

由紀の手の中に『おんな牢《ろう》・責《せ》め地獄』の台本がある。それは由紀が自分の肉体を代償として手中にした証以外のなにものでもない。大京映画・京都撮影所所長の山崎はなめるように由紀の体を見て口を開いた。

「滝沢君、君も知っての通り、大京映画は今、大変な経営危機に面している。主要都市のコヤ(映画館)はすべて売り払い、日映さんとの共同配給でなんとか食いつないでいるような状態だ。なんとしてもヒット作を作り出し、売った映画館を買い戻さねばならん。それにはみえも外聞もない、当たる作品を撮らねばならん。東栄(映画会社)さんは任侠映画とエロ・グロ路線で大ヒットを飛ばしている。わが大京映画もそれを、ただ指をくわえてみているという訳にはいかぬ。そこで君を主役に抜てきして東栄さんのエロ・グロ路線に殴り込みをかけることにした。一つ社運がかかっていると思って頑張ってくれ」

「はい、頑張ります」

はっきりした声で由紀は答えた。

「ところで監督だが、いろいろ検討した結果、ここにいる佐伯俊夫君に決定した。この古い大京映画の体質をぶち破るには、新しい人材が一番いいと思ったからだ。新人女優と新人監督で一つ新しい映像世界に挑戦して欲しい」

由紀は向かいの席の佐伯の顔を盗みみた。

所長の話に耳を傾ける佐伯の顔は、緊張のためかやや表情は硬いが、その目は、めぐりきたチャンスに闘志があふれていた。

〈なんてきれいな目なのだろう……〉

由紀は佐伯の目をみてそう思った。

その夜、谷垣は由紀と佐伯を食事に誘った。食事が終わると二、三軒のクラブをはしごして谷垣は高瀬川ぞいの木屋町の細い路地に二人を連れて行った。そこは〝お茶屋〟と呼ばれる席貸屋がずらりと軒を並べている。谷垣は、その中の一軒の戸を開けた。

ちょうど、出ようとしていた女将とぶつかった。

「あら、谷垣さん、久しぶりやおへんか」

「うん。ええ、今日は特別の日やよってな。今度、入る映画でデビューする監督と主演女優や」

「へえ」

「そんなことでもないと、こんな高いところ、使えるかいな」

「あら、谷垣さん、また、てんごいうて」

「ほんまや、このごろ、会社厳しいよってな。だが今日は別や。前祝いにパッと派手にやるさかい、一つ、よろしゅうに」

谷垣は女将にウインクした。

三人は川の見える部屋に通された。

由紀は、京都独特の古い、どこかしめっぽいそのたたずまいをキョロキョロと見回していた。

「滝沢君は初めてやろが、佐伯君は？」

「僕も初めてです。こういうところは」

「君は何年の入社かね」

「昭和三十六年です」

「三十六年か……そろそろ映画が傾きかけたころやな。昔は連日、こういうところへ繰り込んで朝まで騒いだもんや……。ええ時代やった」

一瞬、谷垣は遠くをみつめる目になった。


雑魚寝〈15〉昭和58年（1983年）12月6日（火曜日）

佐伯の布団に滑り込む芸者

お茶屋と呼ばれる席貸屋の一室に谷垣は由紀と佐伯を連れてきた。

「こんばんは、おおきに」

フスマが開いて舞子が二人と、まだ若い芸者がひとり手をついた。

「おう、来たか……入れ入れ」

女たちは、わっと谷垣を取り囲んだ。

「アホ、今夜の主役はそのひとや、せいぜいサービスせえよ。前途有望な新人監督やから」

「へえ、こんな若いひとが監督さん」

「そうや」

「おいくつどす？」

「三十一です」

「三十一……おひとりどすか？」

「ええ」

「うわ。独身やて、せいぜい今のうちにサービスしとこ」

舞子はとっくりを取った。佐伯は苦笑いしながら杯を手にした。

「佐伯君、君は今までに何人ぐらい女を知っとる？」

「は？」

佐伯はすっとん狂な声をあげた。それが、なんともユーモラスな声だったので、女たちはドッと笑った。

「わたしも知りたいわ、監督さん、何人のおなごはん知ったはんのどす？」

「照れずにいうたらええがな」

佐伯は困った。チラリと由紀をみた。

その顔がなんとも可愛くて、由紀は思わず噴き出した。

「二人です」

「二人」

「わあ、二人やて」

女たちはキャーキャー笑う。

「二人ぐらいでは困るがな」

谷垣はいった
「これから滝沢由紀主演の女モノを撮ってもらわんならんのに、もっと遊んで女を知ってもらわにゃ。さあ、派手に行こか」

谷垣のその掛け声で三味線が鳴り、踊りが始まった。どれぐらいの時が流れたであろう。

突然、谷垣は大声で叫んだ。

「そろそろ、いの（帰ろ）か」

よいしょと谷垣は腰を上げた。続いて立とうとした佐伯に
「君はええのや……女をよう勉強してもらわにゃ、さあ、いの、いの」

谷垣は、由紀と女たちを押し出すようにして出て行った。

潮の引いたような後に佐伯と若い芸者がポツンと残った。気まずい沈黙があった。その沈黙を破るように、若い芸者は立ち上がって隣室のフスマを開けた。

そこには三畳ほどの小さな部屋いっぱいに華やかな夜の支度が完了していた。

「こちらへどうぞ」

佐伯はじっと動かなかった。

「なにしてはんの、さあ」

芸者はむりやり、佐伯の衣服をはいで布団に寝かせた。

フスマの向こうで、キュッキュッと帯を解く音がする。やがて、フスマが開いて、深紅《しんく》の長じゅばん姿の芸者が、掛け布団をそっと持ち上げて滑り込んだ。

たっぷりと蜜を含んだ場所に・・・

雑魚寝〈16〉昭和58年（1983年）12月7日（水曜日）

女が滑り込んだ時、佐伯は強烈な女のにおいを吸った。

真っ赤な長じゅばんの中から発する若い肉体のにおいと、びんづけ油のにおいとがごちゃまぜになって佐伯を襲った。

「こんな若い人、久しぶりやわ」

女は佐伯に身をあずけた。

やわらかい豊かな乳房が、長じゅばん越しにぐにゃりとつぶれて佐伯の胸に当たった。

「ええわ……やっぱり若い人のにおいは」

女はほほを佐伯の胸に埋めてこすりつけた。

「このごろいつも、おじいちゃんばっかし」

女の唇が胸をはって、耳の穴に熱い息を吹きかけた。

「おもいきり、抱いてね」

女の手が下腹部に伸びた。

その手を佐伯はつかんで押し戻した。

「どないしはったん」

「……」

佐伯は答えない。

「わかった。監督さん、あの女優はんに惚れてはんねやろ」

佐伯は一瞬、ギクリと女を見た。

あまりに図星をつかれて、驚いて、佐伯は次の言葉を失った。

由紀が初めて佐伯の前に登場したのはこの四月のことである。慣例《かんれい》にしたがって由紀たちニューフェースは助監督部屋にあいさつに来た。

その年、京都に配属されて来たニューフェースの女優陣は六人である。いずれも選びぬかれた美人であったが、その中でも由紀の美ぼうは群を抜いていた。

「滝沢由紀です。よろしくお願いします」

由紀は一礼して頭を上げた。その時、由紀の目と佐伯の目が合った。

その瞬間、佐伯は由紀の虜《とりこ》になったのだ。

「あの女優はんに惚れはってもあかんえ。あのひとと谷垣はんはデキたはる」

「谷垣さんと？」

佐伯は脳天をハンマーでガツンと一撃されたような衝撃をおぼえた。

「ウソだ」

「ウソやあらしまへん。こんな商売してたら、男と女のことすぐわかりますねん。うちがあの女優さんのこと忘れさせたげる」

女は布団の中にもぐり込んで、股間に顔を埋めた。

「うわ……きつぅ怒ったはる」

佐伯のそれは、佐伯の意思と全く関係なく、硬く大きくなっていた。そこに、女のやわらかい唇が当たった。女はそれに接ぷんすると、口の中に押し込んだ。ぬめっとした、たっぷりとだ液を含んだ舌が、からんで巻きついた。

「ちくしょう」

佐伯は一声うめいて、女を押し倒した。狂暴に女の長じゅばんをはぎ取ると、すでにたっぷりと蜜をふくんだ場所に、いきり立つイチモツを深々と貫いた。

「ああーっ」

雑魚寝〈17〉昭和58年(1983年)12月8日(木曜日)

異常な興奮…女を攻める佐伯

谷垣が残していった若い芸者は、佐伯の腕の中で狂気せんばかりの声を上げた。

「ちくしょう、よくもいったな。滝沢君が谷垣さんと出来ているなんて、よくもそんなデタラメがいえたな」

佐伯は異常に興奮し、女を攻めた。

それには思い当たるふしがあったからだ。

食事の時も、クラブで飲んでいる時も、谷垣の手が、幾度となく由紀の太ももに触れたり、手を握ったりする。そして、佐伯を全く無視するように、谷垣は由紀を引き寄せ、耳元に何ごとかささやく。それは、この女はオレの女だと無言でいっているようなものだ。

「思った通り、あの二人はデキてやがったんだ。ちくしょう」

佐伯は女を攻めるリズムを早めた。そして、自分自身にいい聞かせるように叫んだ。

「ウソだといえ、ウソだと」

「だって……」

女の言葉は、押し寄せてくる激情の波でほとんど聞こえない。

二人の結合した部分は、正体ないほど潤んでいる。

腹と腹とがぶつかり合うわいせつな音が室内に響いた。

「ああ、いい、もっと、もっと」

女の豊じょうな肉体は、赤く染まってのけぞり、足の指先まで硬直させて、あえぎ声を発した。

佐伯の脳裏で瞬間、その女は由紀になった。谷垣の腕の中でのたうつ由紀になった。

〝今ごろ、由紀は谷垣の腕の中で……〟そう考えただけで、佐伯の頭の中は気が狂わんばかりであった。由紀へのぶっつけようのない怒りが目前の女に向かった。

突然、佐伯は女の乳首をかんだ。

「痛っ」

「ウソだといえ」

「あ、やめて」

「ウソだといえ」

さらに力を込めて佐伯は女の乳首をかんだ。

女は身をのけぞらせて
「ウソです」

「もっとはっきりといえ」

「ウソです」

「それじゃ謝れ、ウソをついてごめんなさいって謝れ……」

「ごめんなさい」

その瞬間、佐伯は放った。女の奥深く、撃ち出した。

「ああ」

女も一緒に、内部をはずませた。

筋肉を収縮させ、連続して歓喜の声を上げた。

女は放心したように裸身を投げだし、ピクリとも動かない。

佐伯はチラッと女を見て、ズボンをたぐり寄せた。タバコを取り出し、吸った。

「なんてこった」

吐き出すようにいった。

「生理」の一言に目を輝かす谷垣

雑魚寝〈18〉昭和58年(1983年)12月9日(金曜日)

木屋町のお茶屋で、佐伯が与えられた女と昇りつめたころ、谷垣と由紀は、大文字焼きの夜と同じ、比叡山のホテルに着いた。

部屋に入るなり、谷垣は冷蔵庫からビールを取り出し
「いまごろ、佐伯のやつ、真っ最中かな」

谷垣はビールをあおった。

「それとも若いからもう終わっとるかな」

谷垣は由紀のコップを置いて、注いだ。

「とにかく、よう女を勉強してもろうて、おまえを魅力的に撮ってもらわにゃ」

「やめてください」

谷垣の手が無遠慮に由紀のスカートの中に侵入してきた。

腰を引いた。

「なにいうとんのや。ここまで来て」

谷垣の手は、ぴたっと閉ざされた由紀の太ももをはい登ってパンティーに達した。

「わたしとこうするために、監督に女を与えたんですか」

「そら、どういう意味や」

「監督と一緒じゃ、こうは出来ないから」

いい終わって由紀は
「うっ」

と、うめいた。谷垣の指が由紀の花弁に触れたからだ。

「アホ……おまえと寝るだけのために、そんな余計なゼニ使うかいや。あれはな、大京映画の伝統なんや。監督昇進を祝って女を与えるのが、儀式みたいになっとるのや」

いい終わって、谷垣は変な顔をした。

「なんや、これ」

「タンポンです」

「タンポン」

「ええ、昨日から生理なんです」

「生理」

谷垣は一瞬、呆《ほう》けたような顔をして由紀を見た。

〈いい気味だわ……〉

由紀が谷垣に誘われた時〝生理〟であることを告げなかったのは、谷垣の悔しがる顔が見たかったからだ。目の前においしい餌があるのに、食べようにも食べられない、谷垣は一体どんな顔をするだろう……。

それは由紀のせめてもの谷垣に対する復しゅうだったのだ。

食事の時も、クラブの時も佐伯は、新人監督らしい情熱を由紀にぶつけてきた。そういう純粋な人間が、由紀の今までの人生に一人もいなかったから、由紀は佐伯の言葉に酔った。もっと佐伯の話を聞きたかった。

なのに谷垣は、佐伯が目の前にいることなど一向にお構いなく由紀の体に触れてきた。

そんな時、佐伯は瞬間、ひどくいやな顔をして顔をそむけた。由紀は、まるで自分の裸を佐伯にみられたような恥ずかしい思いがした。

「由紀」

ふいに谷垣は由紀を抱きしめた。そして、耳の穴に熱い息を吹き込んで、ささやいた。

「生理やったら、おまえさんの中で、思いっ切り出せるな」

汚れた女陰に谷垣の舌が・・・

雑魚寝〈19〉昭和58年(1983年)12月10日(土曜日)

「そんな」

「生理やったら子供が生まれる心配はない。おまえの中に出せる」

谷垣は由紀のブラウスのボタンを外すと、手を突っ込み、巧みな指の動きで乳房をもんだ。

「ああ、ダメ……やめて」

谷垣は由紀をソファに押し倒して、その細い鶴のような首に唇を押し当て、耳朶《じだ》を軽くかみながらささやいた。

「由紀、今日はおまえの中で出すでぇ」

由紀は激しく首を振って
「そんなこと、汚いです」

「何が汚いねや……おれはおまえのためやったらなんでもするぞ。たとえ、生理の血やて呑んだる」

谷垣の唇が由紀の体中を接ぷんし、手が衣服のすべてをはぎ取った。谷垣はひざまずくと、固く閉じた両足を強引に広げて、その陰影の丘に顔を埋めた。

生理特有の動物的な血のにおいが、谷垣の鼻こうを強く突いた。

「やめて、そんなこと」

言葉とは裏腹に、そこはすでに、しっとりと濡《ぬ》れていた。

谷垣はその濡れた部分に舌をあてた。

奥にはタンポンが挿入してあるために入れない。そのかわり谷垣は、割れ目の周囲を執ようになめ回した。

初めは抵抗していた由紀の足も、次第に力を失い、自らまたを広げて腰を揺すった。

谷垣は、やわらかい草原がおおい茂る丘を軽くつまんでかんだ。

「あっ」

由紀は悲鳴のような声を上げた。

また、つまんでかんだ。

由紀のつま先から頭のてっぺんまで、稲妻のような電流が走った。そして、頂点を迎えた。

谷垣はぐったりとソファに横たわる由紀を満足気にみつめて、浴室へ入って行った。

シャワーの浴びる音で由紀は目をあけた。身を起こしてみた。太ももから一条、真っ赤な血がしたたり落ち、ソファに赤黒いしみをつくっていた。

その瞬間
〈わたしの体の中にも、母と同じ淫蕩《いんとう》な血が流れている〉

はっきりと由紀は自覚した。

浴室から出て来た谷垣は、バスタオルをシーツの上に敷き、幾度となく由紀を抱いた。

朝。
強い日の光で由紀は目をさました。
昨夜の狂態《きょうたい》を物語るように、ベッドは乱れている。
由紀の白い肉体のあちこちに醜い血痕《けっこん》が付着している。
由紀はそれを、長い間、じっとみつめていた。ポツリとつぶやいた。
「なにがなんでも、スターになるしかないんだわ」
由紀の目から、なぜか涙があふれ出た。

〝由紀に負けぬ〟敵視するリエ

雑魚寝〈20〉昭和58年（1983年）12月11日（日曜日）

時代劇、刺激路線なるキャッチフレーズの『おんな牢・責め地獄』の記者会見は華々しく行われた。大京映画が、東栄のエロ・グロ路線に殴り込みをかけるとあって、物見高い関西の記者団がドッと押し寄せた。

佐伯新人監督を中心にして由紀が座り、反対側に準主役の杉浦リエが座った。

杉浦リエは由紀と同期のニューフェースで、その野性的な風ぼうが買われて抜てきされたのだ。

三人は、くしくも同じテーブルにいる。

この記者会見以後、由紀とリエが、佐伯をも巻き込んで、女として、女優として、激しくしのぎを削り合うことになるのであるが、今の時点では神のみぞ知るである。

いや、実のところ、闘いはすでに始まっていたのである。

当然のことながら、記者団の質問はヒロインを演ずる由紀に集中する。

由紀は記者団に微笑をふりまき、テキパキと質問に応じる。その応対の様は堂に入り、とても新人女優とは思えない見事なものであった。

そんな由紀をみつめるリエの目は、激しいしっとの炎に燃えていた。

「同期の滝沢由紀なんかに負けてたまるもんか。今にきっと、主役の座をうちがつかんでやるんや」

リエは心の中で叫んでいた。

この小麦肌の野性的な風ぼうをした杉浦リエが地元京都出身で、ぬけるような白い肌を持った由紀が東京出身であるというのもなぜかおかしい。記者会見が終わると、記者団の足がゾロゾロと第3ステージに向かう。

第3ステージには伝馬町の牢屋敷《ろうやしき》のセットが組まれ、そこで由紀とリエの記者団用のスチール撮影が行われるのだ。

由紀とリエは一たん俳優会館に戻り、女囚の衣装に着替え、生まれて初めて前張りをつけた。

宣伝部員にせかされて、二人は第3ステージに向かう。

「あの」

リエが宣伝部員に声を掛けた。

「先に行っててください。すぐに行きますから」

いうなりリエは、便所に駆け込んだ。ドアを開けて中へ飛び込むと、衣装の裾を広げた。

下着のゴムの線を肌につけないため、パンティーははいていない。そのむき出しの中心部に、三角形の前張りがある。

リエの手がピタリと肌にくっついたガムテープに伸びた。

「痛っ」

ガムテープに数本の陰毛がくっついて、前張りははがれた。リエの草原は、前張りで押さえつけられていたためか、丘にへばりついたように付着している。

リエは軽くそれを一なでして

「あんなやつに負けてたまるもんか」

赤い舌をペロリと出して飛び出した。

一糸まとわぬ〝女ひょう〟リエ

こうこうたるライトの下で由紀の新聞記者用のスチール撮影が行われていた。

遅れてセット入りしたリエは、由紀の裸身を見て、思わず息をのんだ。

由紀の白い肌がライトの効果でますます白さを増し、黒い床に白い裸身が浮いて、見事な造形をつくっていた。

リエはしばし感心して見守っていたが、すぐにそれを打ち消した。

「はやらん、はやらん、あんな青っ白い体。これからはうちみたいな、健康的で野性的な体が時代にマッチするんや」

リエの胸中に〝負けてなるものか〟という闘志が、むらむらとわきあがってきた。

「杉浦リエさん、お願いします」

「はーい」

セット中に響くような声を出して、リエは飛び出した。

佐伯が由紀とリエに演技をつける。

それは、女囚である由紀とリエが、長い禁欲生活に耐えかねてレズビアンに走るという台本上の一部を今、記者団に公開するのだ。

佐伯の演出上の注意が終わると、二人は衣装を脱いだ。

「あっ」

というどよめきが起こった。

そして、セット中の人々の目が、リエの股間の中心部に集中した。

なめし皮のような小麦色に輝くリエの姿態の草原が、何物にも覆い隠されることなく息づいている。

〈作戦成功、これで由紀だけではなく、うちにも記者の目が集まる〉

リエは心の中で由紀にペロリと赤い舌を出した。

〈リエのやつ……〉

由紀はリエのこざかしい行為に腹が煮えくりかえった。俳優会館で交わしたリエとの会話が鮮やかによみがえった。

それは前張りをつけていた時のことである。

「こんなのなんだか気持ち悪い。かえって卑《ひ》わいじゃない」

由紀はリエにいった。

「そやったら由紀ちゃんつけなきゃええやん。だけどうちはつけるえ。あそこ、みんなに見られたら恥ずかしいもん」

リエはさっさと前張りをつけた。

そのリエが、今、由紀の横でそ知らぬふりをして、生まれたままの姿をさらしているのだ。

〈主役のわたしを食おうとして……許せない〉

由紀はリエをにらみすえた。

佐伯に促されて二人は床に寝た。

女豹《めひょう》のようにしなったリエの体が、白い豊満な由紀の体におおいかぶさり、唇と唇が重なって、あえぎ声を発する。

発達した乳房と乳房がぶつかり合い、互いの重みで崩れた。

初めて人前で演技をする……そういう羞恥心《しゅうちしん》は二人にはなかった。

食うか食われるか……凄烈《せいれつ》な闘いが今、肉体を通して行われているのだ。


雑魚寝〈22〉昭和58年（1983年）12月13日（火曜日）

口汚くののしり合う女二人

翌日のスポーツ紙の芸能欄のトップは『おんな牢・責め地獄』の記事であった。

大胆なぬれ場シーンを演ずる由紀とリエの写真の上に、大きな見出しがある。

〝和製、モンロー誕生、滝沢由紀〟

〝前張りなしで大胆不敵、杉浦リエ〟

二人の紀事は五分《ごぶ》であった。

「これで大ヒット間違いなしや」

谷垣は新聞を放り出し、満面に微笑を浮かべていった。

「さあ、何でも好きなもん食えよ」

無事クランクインした今日、午前中の撮影を終えた由紀とリエを、谷垣は撮影所の近くの食堂へ誘ったのだ。

由紀は目の前の新聞記事がひどく不満であった。

〈本来なら主役の自分だけの記事が大々的に報じられているはずなのに……リエのやつ〉

反対にリエは非常に満足であった。

前張りなしという奇襲作戦が功を奏し、主役の由紀と五分の扱い……。

「撮影所中、おまえら二人の話で持ちきりや、新人ながらええ度胸してるいうて……所長もな、えらく喜んでたぞ」

運ばれた食事をパクつきながら、谷垣は多弁だ。

「だけどな。この大京映画、京都撮影所は、日本で最初にベネチア映画祭でグランプリを取った伝統ある撮影所や。このエロ・グロ路線に反対して、所内のスズメどもが、きっととやかく中傷しよる。そやけど、そんな声にまどわされたらあかんでえ。ええか、これからも昨日みたいな気持ちでひとつ、頑張ってや」

その時、谷垣に電話がかかってきた。

「済まん。ちょっと用が出来たさかい先に戻ってるわ」

飛び出そうとした谷垣をリエは呼びとめた。

「谷垣さん」

「うん」

「今日、うち撮影早う終わるんです。昨日のごほうびに、ビフテキでもごちそうしてもらえません」

「ビフテキでも何でもごちそうしたるがな」

「まあ、うれしい。由紀ちゃんも一緒にどう」

「わたしは夜間」

「そりゃ、残念やな。ほなリエ、終わったら企画室へ来い」

谷垣は出て行った。

「由紀ちゃんも一緒にどう……」よくも白々しくそんなことがいえたもんだ。午前中一緒に仕事をして、リエが由紀の予定を知らぬはずがない。

「リエちゃん」

「ええ」

「昨日はやってくれたわね」

「前張りのこと?」

「そう」

「そやったらお互いさまやない。由紀ちゃんも谷垣さんと寝て、主役の座、つかまはったんやから」

一瞬、由紀は次の言葉を失った。

「私に主役を」リエが迫る

雑魚寝〈23〉昭和58年(1983年)12月14日(水曜日)

『おんな牢・責め地獄』がクランクインしたその夜、谷垣とリエは祇園石段下にある肉料理〝みかど〟の座敷で向い合っていた。

「ああ、おいしい」

リエは血のしたたるような厚いビフテキをぺろりと平らげた。

「谷垣さん、もう一枚もろうてもかましまへん?」

「かまわんが、よう食うな」

「そら若いもん。それに女は食べんとあそこのおつゆの出がにぶるんやて」

「何やそれ……おつゆの出がにぶるって」

「あら谷垣さん、いややわ。ここのおつゆやないの」

リエは、Gパンのボタンの付いた部分をポンと手で叩いた。肩で谷垣をつついた。

「へえ……ほんまかいな」

「ほんまえ、うちのお母ちゃんがいうてたんやから間違いあらへん」

「……」

「うちのお母ちゃんな、舞子から芸者になって五人も子供産んだんえ。五人とも女で、全部、父親が違うんよ、驚いた？」

「ああ、驚いた」

「うちは、真ん中の三番目。上の姉二人は、母の後を継いで芸者になってるけど、うちはまっぴらや。踊りやら三味線やらいうて、難しい習い事せんなんわりにはお金にならしまへん。うちは女優になって、お金ジャンジャン稼いだるねん」

「稼いでどうする」

「男を買いますねん」

「男を」

「へえ、お母ちゃんやお姉ちゃん見てたらそんな気にもなりますえ。次から次に男はんに買われて、うちぐらい男はんを買う身分になっても罰あたりまへんやろ」

「そらそやが、女子《おなご》にゼニで買われるようなやつにろくな男はおらんぞ」

「買う男は遊びやよってかましまへんねん。そやけど、それはお金を稼げるような女優になってからのことどす……今夜は谷垣さんにうちの体買うてもらいますえ」

リエの体が、ふいに揺らいで、谷垣に身を投げかけた。

背後から谷垣の手が伸びて、ブラウス越しにリエの乳房をつかんだ。

「この体、買うてもええが、高いか」

「ただどす」

「ただか」

「へえ」

「ただほど高いものはない……」

「そうどす」

「何が望みや」

「『おんな牢・責め地獄』の後に、うちの主演もの考えてもらえます？」

「考えてもええが、今、ここで断言は出来ん」

「考えてくれはったらそれでええのどす」

リエは自分から谷垣に接吻した。そして、自分から離して
「はよ、ビフテキ頼んで欲しいわ」

谷垣の手がリエの花園へ…

雑魚寝〈24〉昭和58年（1983年）12月15日（木曜日）

ビフテキをたらふく食って谷垣とリエは、岡崎の連れ込みホテルに入った。

リエが自ら谷垣に身をまかせる決意をしたのは『おんな牢・責め地獄』の後、自分の主演作品を企画して欲しいがためだけではなかった。

自分自身に腹が立ってどうしようもぶつけようがなかったからだ。

今日の昼食時、由紀は前張りの抜け駆けでリエを責めた。その時、とっさに自分でも思ってもみなかった

言葉が口から出た。

「由紀ちゃんも谷垣さんと寝て、主役の座、つかまはったんやから」

その後、由紀は必死に否定したが、一瞬の動揺をリエは見逃さなかった。

「間違いなく、由紀は谷垣とデキてる」

リエは確信した。由紀が肉体を代償として主役の座をつかんだことが許せなかったのではない。花柳界で育ったリエにとって、そんなことは日常である。

あのおとなしそうな由紀が大胆な行動に出て主役の座をつかんだ。なのに自分は一体何をしたというのだ。谷垣から準主役の話を持ちかけられた時、自分にもチャンスがあったのだ。リエは由紀に後れをとった自分自身が許せなかったのだ。

このホテルの近くに市民動物園があり、そこから獣の吠え声がここまで響いてきていた。

「あれ、なんの動物や思う」

「わからん」

「ライオンのオスよ、きっと」

「ライオンのオスが、おれみたいに、メスを求めてほえとるのか。ウオーッ」

谷垣は、おどけて一声吠えると、リエに飛びついて力いっぱい抱きしめた。

「そう……けどね、メスは選ぶ権利がありますねんよ」

「おれは、どや」

「谷垣さんなら、メスの方から抱かれてみたい」

「そうか」

「先に風呂に入ってくれます？」

「よっしゃ」

谷垣はおどけて衣服を脱いで風呂に飛び込んだ。

「何ておもろい娘なんやろ……」

浴槽に身をゆだねながら谷垣は思った。

ドアが開いてリエが入って来た。

肩にタオルを引っかけて入って来た。

浴槽の縁をまたいでリエは、谷垣の横に滑り込んだ。

「ああ、ええ気持ち」

いいながらリエは、そのしなやかな肉体を谷垣に密着させた。

思わず谷垣はリエを抱きしめる。

「ああーっ」

同時にリエの口から熱い息がもれて、谷垣の唇を吸った。次にリエの舌が割って入り、舌と舌とがからみ合って激しい音をたてた。

谷垣の手が、ゴムマリのように弾んだ乳房をはって、草原の奥の花園に差し込まれた。

お湯の中で小麦色のリエの姿態が一瞬、躍った。

谷垣の上でリエが〝躍る〟

雑魚寝〈25〉昭和58年(1983年)12月16日(金曜日)

連れ込みホテルの浴槽内で谷垣とリエは互いの肉体をからめていた。

谷垣とリエの体が動くたびに、浴槽内のお湯が音をたてて落ちた。

リエの花園はすでにたっぷりと蜜を含み、谷垣の指が前後左右に心地よく滑った。

「ああっ」

あえぎながらリエの手が谷垣のモノに触れた。

「うわ、谷垣さんの大きいんやね」

リエは素っとん狂な声をあげた。

「そうか、大きいか」

「大きい大きい。大きくて硬い。谷垣さん、これで何人のおなごはん泣かしはったん」

「アホ、おなごに泣かされてきたんはおれの方や」

「てんごばっかし……谷垣さん、おもしろいことしたげよか」

「おもしろいことって」

「したげる、したげる。うち、いっぺん試してみたかってん」

リエは浴そうを飛び出ると、洗面器でお湯をくみ出し、床のタイルを洗った。

次に熱湯を洗面器に少量出すと石鹸をしごいて泡をたてた。

「おまえ、何しよいうんや」

「泡踊り」

「泡踊り？」

「そう。うちのお姉ちゃんのお客さんが、トルコへ行って勉強してきはったんを教えてもろうたんどす。実験第一号が谷垣はん。はい、ここに座って」

リエはもう一つの洗面器を裏返しにすると、床の上に置いた。

湯から出た谷垣がそれに座る。

「熱湯やないと、よう泡がたたんのやて」

いいながら、リエは洗面器の泡を手にすくった。それを巨大にふくれあがった谷垣のモノにのせ、両手でゆっくりと愛撫《あいぶ》した。

リエの柔らかい手のひらの感触と泡のぬめりが混ざり合って、えもいわれぬ快感が谷垣の身体中を貫いた。

片方の手が股間にもぐり込んでアヌスに伸び、丹念にその周囲をなでる。

「うっ」

前と後ろの二重奏に、思わず谷垣はうめき声をもらした。

「どうえ、気分は」

「最高や……天にも昇る気持ちや」

「ほんま」

リエはうれしそうに微笑すると、次に、泡を体中に塗りたくった。

「ここに寝てくれはります」

「よっしゃ」

谷垣は喜々としてタイルの上に腹ばいになる。

リエはその谷垣の背にも泡をのせると、いっぱいに伸ばした。そして、その上に自分の体を重ねると、大きく前に突き出した。

リエのよく引き締まった肉体が、谷垣の背で大きく円を描いて滑っていく。滑るたびに、リエの可愛らしいピンクの乳首が、むずがゆく谷垣の肌をこすっていった。

谷垣を迎え入れ絶叫するリエ

雑魚寝〈26〉昭和58年(1983年)12月17日(土曜日)

谷垣は、トルコ嬢に扮したリエのサービスを、たっぷり受けていた。リエは泡が薄くなると、洗面器から何度も補充した。

石鹸の泡がこれほど滑るものだとは、リエは思ってもいなかった。力が入りすぎて、谷垣の体から転げ落ちそうになるのに何度となくリエは耐えた。

リエは谷垣の片足をとった。その片足をまたいで後ろ向きになり、馬乗りのような格好で草原を押しつけると、リエは前後に滑った。泡をたっぷり含んだ草原が、チクチクと谷垣の肌を刺激して桃源の世界へと導いて行く。

「これ〝タワシ洗い〟いうんやて、どう感じます?」

「感じるてなもんやない。最高や」

リエは反対側の足に移動した。

こすって滑るたびに、リエの花弁が徐々に開いて、直接谷垣の肌に触れることとなる。

「ああ……」

滑るリエにも快感が襲ってきて、一瞬、動きが制止した。

「ほな、起きてもらえます」

リエは快感を必死に耐えていった。

谷垣はとろんと目を充血させて起きてきた。

「今度は〝お乳洗い〟え」

リエは形よく盛りあがった乳房にたっぷりと泡をつけた。そして、その乳房に谷垣の足の裏を押しつけ、洗った。

ゴムマリのように弾む乳房の感触が足の裏に伝わってくる。

「ええ気持ちや。足の裏にこんなに性感帯があるとは知らなんだ」

谷垣はいって、片方の足をそっと伸ばした。伸びた足はリエの草原に触れた。リエは身をくねらして
「あきまへんて、そんなてんごしはったら」

「おまえだけにサービスさせとくのなんや悪い気して」

「かましまへんて、今日は泡踊りの実験なんやから……ああ、やめておくれやす……ああっ」

リエの顔がゆがんだ。

谷垣の足の親指がスポッとリエの花園に納まったのだ。

乳房にあった足が離れた。

「谷垣さん、かんにんどず……そんなことしはったら、もう」

「今度はおれが洗うたる」

谷垣はリエを寝かせると、そのスベスベした肌をなで回した。十分にその感触を楽しんだ時には、もう我慢の限界に達していた。

火のように怒張したイチモツをリエの下半身に押しあて、深々と貫いた。

「ああーっ」

すでにリエの花園はぬれにぬれ、肉壁は谷垣のものを迎え入れて火と燃えた。

リエは激しく腰を揺すって、狂気せんばかりの声をあげた。

「ああ、谷垣さん」

「由紀さんとどっちがいい?」リエ

雑魚寝〈27〉昭和58年(1983年)12月18日(日曜日)

上半身をシーツで覆った谷垣とリエがベッドに横臥《おうが》している。

リエのしなやかな指が、谷垣の裸の胸をけだるくまさぐっている。

ウフフ……突然リエは含み笑いをして、谷垣の背中に顔を押しつけた。

「うち、ちょっと乱れたかな」

リエは先ほどの風呂場での狂態を思い出し、いった。

「谷垣さんが悪いんよ……こんな上等なもの持ってはるから」

リエは谷垣のモノを握った。それは、力を失い、萎《な》えていた。

リエは、シーツの中に潜り込んで、それに顔を近づけた。

「今はこんなに可愛らしいけど」

指先でパチンとはじいて、リエはそれを口に含んだ。リエのなめ方は執ようである。先から奥にゆっくりと移動して、二つの玉を覆った丸い袋を吸った。何度となく吸いあげる。そのたびに、谷垣の性器全体がリエの口元に引き寄せられる。リエの唇はさらに奥に進んで、別名、アリの門渡《とわた》りと呼ばれる男の急所を、まるで蛇のようにチョロチョロと赤い舌先を出してなぞった。

谷垣のモノはつい先刻、射精したばかりなのに、再び力をみなぎらせてきた。

「うまいな……おまえ」

かすれた声で谷垣はいった。

「おおきに」

ウフフ……いたずらっぽい笑いを浮かべて、リエは谷垣のモノをつかんだ。そして、それを自分の花園に押しあて、一気に腰を沈めた。

「ああっ」

熱い息とともにリエのあえぎ声がもれた。

「谷垣さんの、素敵っ」

谷垣のモノを中心棒にして、リエの小麦色のお尻が、激しく回転して円を描いた。

「ああ、いい、素敵……ねえ、リエのはどう」

「最高や」

「由紀さんとどうどす……どっちがええ」

谷垣の動きが突然、止まった。

「それどういう意味や」

すでに谷垣の目に欲情の色はなかった。

「いややわ、怖い顔しはって……」

「さっき、何いうた」

「由紀さんとうちとどっちがええか聞いたんどす」

「どうして由紀とおれのことを知ってる」

「由紀ちゃんから聞いたんどす」

「由紀から」

「へえ。うちのお母ちゃん、素人の娘は怖いいうてたけど、ほんまどすな」

「……」

「そやけど、うちは芸者の娘、谷垣はんのこと、誰にもしゃべらへんよって心配いらしまへん」

リエは再びお尻を回転させた。

谷垣の動揺がリエの肉体を通してはっきりと伝わり、それがかえってリエには心地よく、自分だけ押し寄せてくる激情の波に漂った。

むさぼるように唇を吸う由紀

雑魚寝〈28〉昭和58年(1983年)12月19日(月曜日)

谷垣とリエが、岡崎の連れ込みホテルの一室で帰り支度をしていたころ、由紀と佐伯は、撮影所近くのスナックのカウンターにいた。

水割りの氷をカチッと鳴らして佐伯はいった。

「昼からの由紀、なんだかおかしいぞ、何があったんだ」

「別に……何も」

由紀はウソをついた。

昼食の時、由紀はリエから〝谷垣と寝て主役をつかんだんでしょう〟と、ずばりといわれた。

〈谷垣がしゃべったのかしら……まさか、じゃ、どうしてリエが知っているのだろう。ホテルに入るところを見られたのかしら〉

考えれば考えるだけ疑心暗鬼が生じ、とても演技をするどころではなくなり、簡単なセリフを何度もとちった。とちればとちるほど、今度は焦りが生じ、遂には全くセリフがいえなくなった。

「今日はこれぐらいにしておこう。クランクイン早々、しかも花の土曜日に夜間なんて、やってられるかよな」

佐伯はおどけて撮影を中止した。

その思いやりが由紀には、涙が出るほどありがたかった。

〈あんなことをリエにいわれたぐらいで……〉

由紀は自分の情けなさに腹が煮えくり返った。涙を必死で耐えて化粧を落としていた時、佐伯からの伝言を助監督が持ってきた。

「わたしが未熟でご迷惑をかけてすみませんでした」

由紀は深々と頭を下げた。

「やめろよ、そんなこと」

あわてて佐伯は立ち上がり残った水割りを一気に飲み干し、いった。

「出よう」

広隆寺の境内を佐伯と由紀は肩を並べて歩いていた。

どこからか秋を告げる虫の音が聞えてくる。

ふいに佐伯の足が止まった。

「なあ、由紀……おまえさんもこのシャシン（映画）がデビューなら、おれもこの映画が監督第一作。つまり、この映画は二人にとって命みたいなもんだ。おれは命がけでこの仕事をする。だから由紀、おまえさんも命をかけて欲しい」

燃えるような佐伯の目が合った。

〈なんてきれいな目なのだろう……〉

由紀は佐伯の目を見て、自分が恥ずかしくなった。

「はい。明日から頑張ります」

あとは言葉にならなかった。かわりに耐えに耐えていた涙がドッとあふれ出た。

「ばか、泣くやつがあるか」

佐伯のごつごつした手が伸びて、由紀の涙をすくった。その瞬間、由紀の体が佐伯の胸に崩れた。

「佐伯さん、抱いて、思い切りわたしを抱いて」

むさぼるように由紀は佐伯の唇に自分の唇を重ねた。

由紀と佐伯は一つになった

雑魚寝〈29〉昭和58年（1983年）12月20日（火曜日）

山のように積まれた本の中にせんべい布団が一枚ある。

その上に、生まれたままの姿の由紀と佐伯の体がある。

ここは、嵐山の近くに建つ佐伯のマンションである。外観はすこぶるスマートなのだが、部屋の中は男やもめ、まるでゴミ箱をひっくり返したような状態である。

だが、今の由紀には何も見えない。

見えるのは佐伯の若い肉体だけだ。

思えば、由紀の知った男、篠原も谷垣も若いとはいえない。

だが今は違う。はちきれんばかりの筋肉の盛り上がった若い肉体が、由紀の腕の中にある。そして、何よりも大切な愛がある。

「ああ」

由紀は佐伯の愛撫にせつないあえぎ声をもらした。

佐伯の手が、唇が、由紀のぬけるように白い豊満な肉体を、まるで宝物でも扱うようになぞっていく。

佐伯の唇が、柔らかな草原をかき分けて、由紀の花園に到達した時、そこはすでに、甘い蜜が噴水となって噴き出していた。

「佐伯さん」

ぞくぞくする快感に、思わず由紀は身を震わせた。

佐伯の唇が花園を離れた。

そして、由紀のまたを軽く広げて、すでに火柱のようになった自分のモノを押し当てた。

焼けたように熱い由紀の蜜が、谷垣のモノを迎えた。内壁が一斉に活動を開始した。

「ああ、由紀っ」

思わず佐伯もあえぎ声をもらしていた。

「由紀ちゃん……好きだ。愛している」

「わたしも、佐伯さん」

押し寄せてくる激情の波を幾度もかぶって、佐伯は我慢の限界にきた。腰を引こうとした。その腰を、由紀の両腕ががっしりとつかんだ。

「お願い……わたしにちょうだい」

「由紀ちゃん」

「かまわないから、ちょうだい」

「ああ」

「ああ」

歓声が一つになって爆発して、散華《さんげ》した。

どのくらい眠っていたであろう。

由紀が目をさました時、気持ちよさそうないびきをかいて佐伯は熟睡していた。

由紀は窓を見た。

カーテン越しに、桂川の清流が月光に照らされ、キラキラ輝いている。

由紀は衣服を身にまとうと、山のように積まれた本の谷間を縫って部屋を出た。

「ひどい部屋、今度来た時、掃除してあげなくっちゃ」

夜の風が、ひとり歩道を歩む由紀を駆けぬけていく。由紀の足が止まった。由紀の視線の先にゴミ箱がある。由紀はバッグを開けて、母がせん別にくれたコンドームの小箱を取り出した。

そして、それをポイとゴミ箱に投げ捨てた。

「さよなら、お母さん」

〝狂態〟思い出し、由紀含み笑い

雑魚寝〈30〉昭和58年（1983年）12月21日（水曜日）

六畳一間、ベッドを置けばいっぱいになる小さな木造建てのアパートの一室で、由紀は死んだように眠っていた。

その由紀を電話のベルが叩き起こした。

「何度も電話したんやぞ、どこ行ってた？」

電話の声の主は谷垣であった。

「どこへも……疲れて、何も知らんと今まで寝てました」

「寝てた、今までか？」

「はい、今、何時です？」

「三時や」

「三時……」

「それだけ寝たらもう疲れもとれたやろ、どや、食事でもしに出てこんか」

「とても、今日は一日中寝てたいんです」

実際、由紀は疲れていた。

一本の映画を支える主演という二文字が、これほどまでに責任が重いものだとは、由紀は思ってもみなかった。

今日は『おんな牢・責め地獄』がクランクインして初めての休日、種々の疲労が一度に噴き出た。こうして、電話の応対をしているのも大儀である。

「分かった」

ガチャンと谷垣の電話は切れた。

由紀は受話器を置くと、大きく深呼吸した。その時、由紀は男のにおいをかいだ。それは、佐伯のにおいであった。

昨夜、佐伯は由紀の肉体を、あらん限りの情熱で求めた。由紀の肉体のあちこちに佐伯の体臭が残余していたのだ。

その匂いを由紀は吸った。

ウフフ……由紀は昨夜の佐伯との狂態を思い出し、思わず含み笑いをもらしてしまった。

その手が自然に股間の秘部に伸びた。そこは、しっとりとぬれている。

〈わたしって、いやらしい女……〉

由紀は再び含み笑いをして、掛け布団をたぐり寄せるとそのまま眠ってしまった。どのくらい眠ったのであろう、今度はドアを叩く音に由紀は起こされた。

すでに日は落ちている。

「どなた?」

返事のかわりにドアを叩く音が返ってきた。

由紀は上着をひっかけると、扉を少し開けた。扉の向こうに谷垣が立っている。

「どうしても話しておきたいことがあるんで来た」

いうなり谷垣は、乱暴に部屋に侵入した。そして、不遠慮に部屋の中をジロジロと見回した。

「話って、なんです?」

不機嫌な由紀の声であった。

「未来の大スターが、こんなちっぽけな所に住んでたらあかんがな」

谷垣は、にやりと笑うといきなり由紀を引き寄せ、ベッドに押し倒した。

「あっ」

一瞬、由紀と谷垣の体はベッドのクッションの反動で宙に躍った。


雑魚寝〈31〉昭和58年(1983年)12月22日(木曜日)

谷垣に吐き気覚える由紀

由紀の部屋に入ってきた谷垣は、彼女をベッドに押し倒した。

「や、やめて下さい」

由紀は谷垣の腕を払って、乱れた衣服を直した。

「話って、なんです?」

谷垣は、チラッと由紀をいちべつし、タバコを取り出し吸った。

「どうして、おれとおまえの二人だけの秘密をリエにしゃべった」

「ええ!?」

由紀の顔が一瞬、硬直してゆがんだ。

「おれはおまえが、そんなおしゃべりなおんなだとは思わなんだ」

「わたしがしゃべったって、リエがいったんですか」

「ああ」

「谷垣さん、わたしがしゃべったと思います?」

「おまえがしゃべらな、リエが知るわけないやろ、え、どや」

谷垣の鋭い目が、由紀を突き刺している。

由紀は、その目を見てウフフ……と笑った。

急にバカバカしいむなしさが、由紀の胸中にこみあげてきたのだ。

〈この男は、二人の仲が世間に露出することを恐れてビクビクしている〉

こんな小心な男と自分は寝た……そう思っただけで吐き気を覚える。

「谷垣さん、わたしがしゃべったとしたらどうだっていうんです」

それは、谷垣の前ではじめて見せた由紀の強い姿勢であった。

「しゃべっちゃいけないようなことを、もう、しないでおきましょう、帰って」

「由紀」

谷垣は驚いたように由紀を見た。

「帰ってよ」

「由紀」

谷垣の顔が崩れた。今にも泣き出さんばかりの顔で、谷垣は由紀の肩に手を掛けた。

「そんなつもりでいうたんやない、おれは……」

由紀の肩に乗った谷垣の手に力が入った。

その手をスルリと由紀はかわして
「おかど違いじゃございません？　女をお抱きになりたいなら、リエさんとどうぞ」

「……」

図星をつかれて、谷垣はろうばいして、一歩下がった。

「帰ってよ、あなたが出て行かないなら、わたしが出て行くわ」

由紀は、谷垣の目の前などおかまいなく、その見事な裸身をさらけ出し、着替え終わると、谷垣を残して部屋を飛び出した。

京福電鉄の線路脇の路地で、うずくまっている由紀。

「これから、どうしよう……」

ガッタン、ゴットンと電車が通過していく。

「そうだ、掃除……」

由紀の足は、自然に佐伯のマンションに向かった。無性に佐伯の顔が見たかったのだ。

「由紀」

ドア向こうに驚いた佐伯の表情がある。

「どうしたんだ、やぶから棒に……」

「あんまり部屋が汚いんで掃除してあげようと思って、来たの」

由紀はニコリと笑って、サッサと部屋の中に押し入った。

由紀を見て谷垣のことが・・・

雑魚寝〈32〉昭和58年(1983年)12月23日(金曜日)

谷垣から逃れ、佐伯のマンションにきた由紀は、片っ端から部屋を片付けていった。

みるみる部屋は美しくなっていく。

〈わたしの体も、この部屋みたいに美しくなるかしら……〉

由紀はつかれたように掃除をした。

部屋が美しくなっていくごとに、谷垣との打算による肉体関係で汚れた自分の体も美しくなっていくような、そんな錯覚を由紀は覚えていた。

「困ったな……おれはこのままがいいんだけどな」

当惑顔で見ていた佐伯も、美しくなっていくわが城をみて決して悪い気がしない。

部屋が見違えるように美しくなった時、佐伯はポツリとつぶやいた。

「なんだかおれの部屋じゃないみたいだ」

冷蔵庫からビールを取り出し注いだ。

「ご苦労さん、どうぞ一杯」

由紀は一気に飲み干した。

「おいしい」

飲み干したコップをテーブルに置いた時、由紀はフラリと足がもつれてよろめいた。

「由紀」

佐伯の太い腕が由紀を支えた。

「ごめん、朝からなんにも食べないで急に飲んだもんだから」

由紀の額に浮いた汗が、動物的なにおいを佐伯の鼻孔に放った。

「由紀」

佐伯の唇が由紀の唇を覆った。舌が荒々しく押し入り、由紀の舌に絡んだ。

「あっ」

由紀の唇から熱い吐息がもれた。

「抱いて、思い切り愛して」

佐伯の太い指が、不器用な手つきで由紀の衣服をはいでいく。

今、掃除したばかりの畳のうえに、美しい裸身を由紀はおしげもなく開き、佐伯を迎え入れた。

佐伯は激しく腰を使いながら、自分の腕の中で、歓喜にのけぞる由紀を見た。

佐伯の脳裏に一瞬、谷垣と由紀とのことがよぎった。

〈由紀は、谷垣との行為の時も、こんな顔をしたのであろうか……〉

「由紀」

「え」

「きれいだ……この体、全部、おれのものだな」

「そう、あなただけのものよ」

佐伯は、谷垣と由紀との関係を振り払うかのように由紀の肉体の中に埋没していった。

若い二人の肉体が昇りつめるのは早い。

二人は獣のごとくのたうち、歓喜の声をもらした。

「あっ」

悲鳴のような声を由紀は発した。

突然、佐伯は由紀の体から離れたのだ。

そして、体を回転させると、佐伯は由紀の股間に顔を埋めた。

甘い蜜・・ついに由紀を征服

雑魚寝〈33〉昭和58年（1983年）12月24日（土曜日）

佐伯は由紀の股間に顔を埋め、花弁の園をむさぼり吸った。

「あっ」

快感に思わず由紀は佐伯のお尻をかんだ。

ズキンとするような痛さが佐伯の体を走り抜けた。その痛さが、佐伯にはなぜか心地良かった。

〈由紀はおれの行為で夢中になっている。おれは由紀を征服したのだ……〉

男だけが持つ、征服欲に佐伯は酔った。

由紀の花園の中からあふれ出た甘い蜜が佐伯の口の中にこぼれ、欲情した女のにおいをいっぱいに漂わせた。

由紀は薄く目を開けた。

その目の前に、ぬれて光った佐伯のシンボルが、ビクンビクンと脈打っている。

思わず由紀はそれを口に含んだ。そして、熱い舌を絡めた。

その瞬間、由紀は自分自身のにおいを口いっぱいに感じた。

佐伯のモノには、由紀自身の甘い蜜がたっぷりと付着しており、それを由紀の舌がすくったのだ。

由紀は自分自身のにおいを口に感じた時、大きなうねりを体いっぱいに覚えて頂点を迎えた。

同時に佐伯も由紀の口の中で果てた。

しばし、室内に二人の荒い息遣いだけが流れた。

二人は、そのままの姿勢で死んだように動かない。やがて、佐伯はのろのろと半身を起こすと、横臥する由紀を見おろして

「よかったよ……由紀」

ぬれて光った由紀の唇を、佐伯はやさしく指でなぞった。

「わたしも……」

うるんだ目で由紀は佐伯を見上げた。その由紀を佐伯は力いっぱい抱きしめて叫んだ。

「誰にも渡さん、由紀はおれだけのものだ」

佐伯は再び豊満な由紀の全身に唇をはわせた。

そして、その肉体から唇を離して、佐伯はいった。

「おれは君をとっても愛している。だが、それと同時に映画も愛している」

「……」

「子供のころから映画監督になるのがオレの夢だった。それが今、かなえられたんだ。二人のためにこのシャシンだけは、なんとしても成功させなきゃ、な」

「ええ」

「明日から、またひと頑張りだ」

「ええ、頑張るわ。そして、なんとしても成功させなきゃ」

若い二人の肉体は、再び一つになって、火と燃えた。

それから、一ヵ月後『おんな牢・責め地獄』は無事クランクアップした。

秋風が吹き始めた十月初旬、滝沢由紀第一回主演作品は封切られた。

映画の評判はすこぶるよく、客の入りも上々であった。

由紀と佐伯を凝視するリエ

雑魚寝〈34〉昭和58年（1983年）12月25日（日曜日）

映画というものは、いくらお客が入ったとしても、それ以上に製作費がかかっていたのでは一銭の儲けにもならない。

その点『おんな牢・責め地獄』は、スターも使わず、新人女優を抜擢して安く作った映画、そのわりにはお客が入ったのだから会社は笑いが止まらない。当然、シリーズ化し、第二弾ということになる。

大京映画はすぐさま監督・佐伯俊夫、主演女優・滝沢由紀のコンビで第二弾『おんな牢・女郎地獄』の製作発表を行った。

その夜、上機嫌の撮影所長は『おんな牢……』関係者一同を食事の宴に誘った。

宴の中央に由紀と佐伯がいる。

所長は、新人監督らしいさわやかな演出であったと佐伯を褒めたたえ、由紀には女優として何年に一度しか出て来ない素材であると絶賛した。

由紀と佐伯はチラッと互いの目を盗み見て幸せに酔っていた。

そんな二人を宴の片隅で凝視する女がいた……杉浦リエである。

リエは初号試写を見た時、由紀に女優として完全に自分は負けたと思った。女の目から見ても、由紀は女優として完ぺきなまでに美しかった。

が、それはスクリーンに映る由紀を見て思ったことで、こうして大勢の人に囲まれて、満悦している由紀を見ていると、生来の負けじ魂がふつふつと噴き出してくるのを抑えることが出来なかった。

〈うちが今にきっと、由紀に取って替わってやる……〉

リエの目がキラリと光った。

由紀が甘えたように佐伯にもたれかかった。その瞬間、その二人の表情をリエは見逃さなかった。生まれた時からリエは花柳界で育った女、男女の機微《きび》をみるのにたけている。

〈そうか……由紀は佐伯とも出来てたんか……〉

リエはチラッと谷垣を見た。

谷垣は上機嫌の所長に酒を注いでいる。

〈それにしても由紀のやつ……なかなかやるやないの〉

リエはテーブルのビールびんを手に取って、ツカツカと由紀の前に進み出た。その間、リエは片時も由紀の顔から視線を外さなかった。が、由紀の前にくると満面の笑みを浮かべて

「おめでとう、由紀ちゃん」

と、手にしたビールびんを持ち上げた。

「ありがとう」

由紀も微笑して、リエの注いでくれるビールを受けた。

その光景は、人々に美しい同期の桜の友情あふれる一コマに映って見えた。が、由紀もリエも腹の底では憎悪が煮えくり返っていたのである。

そのことは、今、ここに集まる人々の誰もが知らない。

「谷垣はんを買うたげる」リエ

雑魚寝〈35〉昭和58年（1983年）12月26日（月曜日）

リエと谷垣は、『おんな牢・女郎地獄』の製作発表の宴会が終わった後、二人が初めて結ばれてから、何度となく足を運んだ岡崎の連れ込みホテルの一室にいた。

今日も相変わらず市民動物園の獣の吠え声がここまで届いてきている。

二人はテーブルに向かい合ってビールを飲んでいた。

谷垣は、チラッとリエを見て声を掛けた。

「どないしたんや。さっきからブスッとして？」

「……」

リエは黙々とビールを飲んでいる。

業を煮やした谷垣が立ち上がって、リエの肩に手を掛けた。

「触らんといて」

「リエ」

「やっぱ、うち帰るわ」

リエは、傍らのハンドバッグを肩に引っかけると、部屋を出て行こうとした。

その前に谷垣が立ちふさがった。

「どないしたいうんや、リエ」

「谷垣はんと寝ても、なんも得なことあらへんもん」

「リエ……」

「『おんな牢』の第二作は、うちが主演じゃなかったの」

「そんなむちゃいうてえ……おれの一存ではどうにもならんいうたはずや」

「谷垣はんの力って、そんな弱おしたん」

「リエ」

「うちの体、そんな安うおへんえ……うちはな、生まれた時から花柳界で育ったおなごどす。得にならん男とは寝えしまへんねん」

「……」

「そんなにおなごはん抱きたかったら、由紀ちゃんとこ行きはったら」

「由紀とはもう別れた」

「振られはったんやろ、由紀ちゃんに」

図星をつかれて、一瞬、谷垣はうろたえた。

「由紀ちゃん、ええ男はん出来はって谷垣はん捨てはったんや」

「由紀に男が」

「へえ」

「誰や」

「佐伯はんでんがな」

「佐伯……それホンマか」

「ホンマや。そんなことも知らはらへんから、由紀ちゃんに振られてしまうんや」

「間が抜けたこっちゃ」

ホホホ……とリエは、さもおかしそうに谷垣を見て笑った。

「佐伯のやつが……由紀を！」

谷垣の目が激しい怒りに火と燃えた。

リエは、それを面白そうにみつめて、挑発するようにいった。

「谷垣はん、うちの体、抱きとおすか」

「……ああ」

谷垣は、思わずうなずいた。

「今夜はうちが、谷垣はんを買うたげるわ」

黒い茂みに唇はわせる谷垣

雑魚寝〈36〉昭和58年(1983年)12月27日(火曜日)

リエは獲物を見つめる野獣のような目で谷垣を見ていた。

「うち花柳界で育ちましたやろ、おなごは皆、買われて男はんの玩具。いっぺんうち、男はんを買うて玩具にしとおしてん」

谷垣はぼう然とリエを見上げていた。

「谷垣はん、うちに買われんのいやどすか」

「いや……買われたい」

「そのかわりただどすえ」

「……」

「いややったらかましまへんのえ」

「ただでもええ、おれを買うてくれ」

谷垣はリエにしがみついた。

ピシャリとリエは谷垣の手を叩いた。

「アホ、なにしてんの」

「リエ」

驚いて谷垣はリエを見た。

「うちはな、あんたを買うたんえ。うちの許しなしに、うちの体に触らんといて」

リエは、ハンドバッグを放り投げると、一度、立ち上がったテーブルに再び腰を下ろした。

「谷垣はん、うちに買われた以上、今からあんたは、うちの玩具どす。うちのいう通りにしなあきまへんのえ」

「ああ……いう通りにする」

「この靴下、脱がしとおくれやす」

リエは片方の足をピンと伸ばして差し出した。

谷垣はリエの前にうずくまると、スカートの中に手を差し込み、靴下を脱がした。片方が終わるともう一方の足をリエは出した。

それをも脱がして谷垣はリエを見た。

まるで女王のような目でリエは谷垣を見下ろし、微笑している。

「次はパンティー」

今や谷垣は女王に仕える完全な奴隷である。

谷垣は宝物でも扱うようにリエのパンティーをずり降ろした。

リエは、これみよがしにスカートをたくしあげる。スラリと伸びた長い二本の足の中央に、こんもりと黒い茂みが広がっていた。

リエは谷垣を徴発するようにゆっくりと股を広げた。

「犬みたいにここをなめるんや」

欲情をかきたてられ、じらされて、谷垣は我慢の限界に達して、リエの黒い茂みに唇を押しあて、我を忘れて接ぷんした。

「あっ」

リエの口から切ないあえぎ声がもれた。

と、そこはすでに、熱い蜜が噴水となって噴き出し、欲情した女のにおいを発散させている。

谷垣の手が伸びて、衣服越しにリエの弾力ある乳房をつかんだ。

その手をピシャリとリエの手が叩いて
「アホ、うちの許しなしに、うちの体に触れたらあかんいうたやろ」

谷垣は素直に手を引っ込めた。

「どうえ、うちのそこの蜜、おいしいか」

谷垣は花園からあふれ出る蜜を吸いながら、コクリとうなずいた。

自分のマゾ性に気づく谷垣

雑魚寝〈37〉昭和58年（1983年）12月28日（水曜日）

リエは、自分の股間にうずくまって花弁の花園の蜜を吸い続ける谷垣を見下ろしていた。

〈うち、なんで得にもならんこんなアホな男と寝てしもうたんやろ……〉

そう思えば思うほど、腹立たしさが込みあげてくる。

〈この男、たっぷりと虐《いじ》めてやるんや。そうしな、うちの気いおさまらへん〉

突然、リエは立ち上がった。

口元をぬらした谷垣が、惚けたような顔でリエを見ている。

〈女を抱くための道具としかみないこの男どもに、今日こそ、おもいっきり復しゅうしてやるんや〉

リエは男を玩具にするというサディスティックな欲望を全身に感じてゾクゾクするような快感に身を震わせた。

「服、脱がしてんか」

谷垣もまた、リエの衣服を脱がしながら、初めて経験する不可思議な快感に酔っていたのである。

〈こんな小娘にアホみたいに扱われて、なんでこんな気持ちええねやろ……〉

谷垣はリエの衣服をすべてぬがし終わると、次の命令を待つようにリエの顔をのぞき見た。

「ベッドへ運んでいって、足の先から、頭のてっぺんまでなめるんや、犬みたいにや、ええか」

「はい」

谷垣は、なめし革のようにしなったリエの裸身をかかえるとベッドに運び、そして、自らも裸になると、マニキュアで真っ赤に塗られた足の指を口に含んだ。

「あっ」

切り裂くような悲鳴がリエの口からほとばしり出た。

小麦肌の姿態が一瞬、宙にのけぞり歓喜《かんき》にけいれんした。

谷垣も我を忘れて
「リエ」

と、両手を弾力あるお尻に伸ばした。

とたん、谷垣はリエの足で蹴りあげられて、ふっ飛んだ。

「リエ様といえ」

谷垣は青くなってリエを見た。

「リ、リエ様」

リエはゆるりと身を起こし
「うちの許しなしに体に触ったらあかんいうたはずや」

「……」

「おまえはな、今日、うちに買われた玩具や、犬や、そうやろ」

「はい」

「もう、二度とうちの許しなしに体、触らへんな」

「触らしまへん。堪忍《かんにん》しておくれやす」

谷垣はリエの前に両手をついて平伏《へいふく》した。平伏しながら、谷垣はしびれるような甘味な快感に身を漂わせていた。

〈知らなんだ……おれに、こんなマゾヒスティックな感情があったとは……〉

〝女王様〟の快感に酔うリエ

雑魚寝〈38〉昭和58年（1983年）12月29日（木曜日）

リエは、真っ赤に塗ったマニキュアの足をゆっくりと伸ばした。そして、平伏する谷垣のあごを足で持ちあげた。

谷垣の目の前に、真っ赤に塗ったリエの唇が、今にも谷垣を食いちぎるように開いている。

そして、これまた、真っ赤に塗られたマニキュアの足のツメの向こう、黒い茂みの奥で、深紅の花弁の花園が、ぽっかりと二つに口を開いて、谷垣を飲み込むように待ち受けている。

「おまえ、ここが欲しいか」

これ見よがしにリエは股を開いていった。

谷垣はゴクリと生つばを飲んで
「欲しおす」

「そんなに欲しいか」

「へえ、欲しおす」

突然、リエは、平伏する谷垣の股間のイチモツをギュッと握りしめた。

「あっ」

谷垣は身をのけぞらせた。

リエの手の中で谷垣のモノは、もうこれ以上どうしようもないというほどにふくれあがっている。

そして、ぬめっとする生温かい液体をわずかに噴出していた。

「ウフフフ……こんなに大きゅうして、もうもらしてからに、しまりのない男やな」

「……」

「こんなたよりない男では、うちの玩具にならへん、お払い箱や、消えてなくなり」

リエは再び足で谷垣の顔を蹴った。

「堪忍しておくれやす。頑張りますよって、もう一度、あなたの玩具にしておくれやす」

谷垣はベッドに頭をこすりつけて哀願《あいがん》した。

「もっと、しっかりした男になるな」

「なります」

「ほな、もう一度、犬にしてやる、足からおなめ」

「おおきに」

谷垣は喜々として、マニキュアで真っ赤に塗られた足の指を口に含んだ。

そして、そのなめし革のようにしなって豊満なリエの姿態に、チョロチョロと蛇のように舌をはわせた。

「ああ」

リエは突きあげて来る激情に狂喜せんばかりに声をあげて身をのけぞらせた。

谷垣の舌が肉体の隅々をはって、耳たぶに到達するまでに、リエは三度、大きな波をかぶって散華した。

「欲しい、ここが欲しおす」

谷垣も我慢の限界がきて、リエの草原の草を握りしめた。

「まだ、あかん、もっと、もっとや」

リエは、息もたえだえにいった。

今、リエは突きあげて来る肉体の満足と、サディスティックな精神的満足に酔いしれていたのである。

「欲しい！」佐伯を離さぬ由紀

雑魚寝〈39〉昭和58年(1983年)12月30日(金曜日)

リエが、岡崎の連れ込みホテルの一室で谷垣を相手にサディスティックな性欲を満たしていたころ、由紀もまた佐伯の厚い胸の中で幸福感に酔っていた。

情事の後のけだるさと残余するアルコールが由紀の全身に心地よい疲労感を与えて、その白い豊かな肉体は充実しきっていた。

佐伯はたばこの煙を大きく吐き出し、由紀に声を掛けた。

「由紀」

「え?」

「〝おんな牢シリーズ〟第二弾は、第一作目より難しい」

「……」

「二作目を成功させて、初めておれは一人前の監督。そして、おまえも初めてスターになる」

「分かっています」

由紀は佐伯のいうことを全く聞いてはいなかった。今、由紀の耳に聞こえる音は、ペタリとほおをくっつけた佐伯の厚い胸から、情事を終えたばかりの、早鐘《はやがね》のように鳴る心臓音だけであった。

「どんなことがあっても『おんな牢・女郎地獄』は成功させなきゃ、な、由紀」

「頑張るわ……その代わり」

「その代わり、なんだ?」

佐伯はのぞき込むように由紀を見た。

「ウフフフ……」

由紀は、乱れた髪を手でかき上げながら含み笑いをもらした。

「……もう一度、あなたが欲しい」

由紀はいい終わるなり、すでに力を失った佐伯のモノを指で握り締めた。

「由紀」

「だって、欲しいいんだもん」

由紀は身をずらすと、股間に顔を埋めて、なえた佐伯のイチモツを口に含んだ。

グニャグニャ柔らかい佐伯のモノが、由紀の口の中で転がり、歯に当った。

「痛い」

思わず佐伯は顔をゆがめた。

「そんなにきつく咬むなよ」

「だって、すごく可愛いんだもん」

由紀はぬれた唇をあげた。

「あんなに大きなモノが、こんな子供みたいに小ちゃくなって、可愛い」

由紀は、それを再び口に含んだ。

「無理だよ、今日はもう飲みすぎたんだから」

しかし、言葉とは裏腹に、わずかではあるが、佐伯のイチモツは力を持ち始めてきた。

その瞬間を由紀は逃さなかった。素早く佐伯のイチモツを由紀は自分の花園に押し入れた。

火のように燃えた由紀の愛液であった。

熱さに思わず佐伯は身をのけぞらせた。

「ねえ」

薄い目を開けて由紀は佐伯にいった。

「固いものもいいけど、柔らかいのも、また、なんともいえなくいいわ。ウフフフ……」

由紀の絹のような黒髪が乱れて飛んだ。

雑魚寝〈40〉昭和58年（1983年）12月31日（土曜日）

悲劇…〝高所〟におびえる由紀

不幸は突然として起こった。

それは、滝沢由紀の幸福の絶頂時のことだった。

大京映画ニューフェース、滝沢由紀第一回主演作品『おんな牢・責め地獄』はヒットし、シリーズ化が決定した。

事件が起きたのは、その第二弾『おんな牢・女郎地獄』がクランクインして、五日目の撮影中だった。

昼間の撮影は快調に進み、夜間オープンに入って佐伯組はカメラを回していた。

撮影のシーンは、女囚の由紀と杉浦リエが共謀して牢を破り、塀を飛び降りて脱走を謀《はか》るというものである。

由紀とリエは、オープンセット、伝馬町の塀の上にいた。

下には、飛び降りてもケガをしないようにマットが敷いてある。

十一月の下旬、さすがに京都の夜は冷える。

塀の上で由紀は、愛宕山《あたごやま》から吹きおろしてくる風に震えていた。

実は、寒さだけで由紀は震えていた訳ではなかったのだが……。

「それじゃ、テストいこう」

マットの横にカメラがセットされ、そこから佐伯の大声がした。

「ヨーイ、スタート」

塀の上で由紀は動かなかった。いや、動けなかったのだ。

「どうした、由紀」

佐伯が怒鳴った。

由紀はじっと、自分が飛び降りねばならぬマットを見ていた。

さしたる高さではなかった。が、物の高さというものは不思議なもので、地面から見上げるとたいしたことではなくても、上から下を見ると結構高いものなのである。佐伯にもう少し監督としてのキャリアがあれば、この事故は未然に防げた。が、まだ一作しか撮ったことのない新人監督、由紀が現在、どういう心境でいるのか読めなかったのだ。

由紀は恐怖のために、ガタガタと足を震わせていたのである。

その時、風に乗ってリエの声がした。

「由紀ちゃん、飛び降りるのが怖いんやろ」

ギクッと由紀は振り返った。

由紀のすぐ後ろの闇の中でリエはあざ笑うように由紀を見ていた。

「怖いんやったら怖いって、はっきりいうたらええのに」

「リエ」

「うちはこれくらい、なんともあらへんけど」

その瞬間、妙なことに由紀の体の全身から〝恐怖〟という二文字が消えた。

〈リエなんかに負けてたまるもんか……〉

リエへの憎しみが由紀の冷静な判断力を失わせた。

カメラ前から佐伯が進み出て
「由紀、どうした。飛び降りるのが怖いのか」

「いいえ、大丈夫です。監督、ぶっつけ本番でお願いします」

「ヨーシ、ぶっつけ本番でいこう」

佐伯はカメラの横に戻ると大きく声を掛けた。

「ヨーイ、スタート」


雑魚寝〈41〉昭和59年(1984年)1月3日(火曜日)

不運! 由紀骨折「代役はリエ」

「ヨーイ、スタート」

佐伯の号令が掛かった瞬間、由紀の体は伝馬町の塀から離れ宙に舞った。

ガキーッ!

鈍い音がしたとたん、オープン内は一瞬、水を打ったような静寂となる。スタッフ全員の誰もの目が一斉に由紀の右足首に注がれている。

「足が折れてる!」

誰かが叫んだ。

「救急車だ! 救急車を呼べ!」

オープン内はハチの巣を突ついたように騒然たる修羅場と化した。

一瞬、佐伯は何が起こったのかよく分からないような表情で由紀を見た。由紀の右足首が九十度に折れて全く逆方向に向いているのだ。

「由紀」

初めて佐伯はことの重大さに気づいて由紀に駆け寄った。

由紀の顔には、激痛のためか玉のような汗が浮いてこびりついている。

「由紀っ」

「監督、すみません、足がマットの端に……あっ」

由紀は身をのけぞらせて顔をゆがめた。

「しっかりしろ、由紀」

佐伯は、由紀を力いっぱい抱き締めた。

その時、遠くで救急車のサイレンの鳴る音がした。

由紀は右大たい部複雑骨折の重傷であった。完治するのにどれくらいの時を必要とするのか、医者にも皆目見当がつかないという。

激痛を和らげるために打った麻酔薬で由紀は今、病院のベッドですやすやと眠っている。

その枕元に、所長の山崎以下、撮影所関係者が、暗い表情で頭を垂れている。

「帰って対策を練ろう」

山崎の一言で佐伯を残した全員が病院を出た。

病室にポツンと一人、佐伯だけが残った。

由紀をみつめる佐伯の目からみるみる大粒の涙がこぼれ落ち
「由紀っ」

と、叫んでその場に泣き崩れた。

翌朝、佐伯は所長室に呼び出された。

たばこの煙を天井に吹きかけると山崎は口を開いた。

「佐伯君、結論からいおう。あれから本社や谷垣君らと話し合った結果、主役を交代して『おんな牢・女郎地獄』の撮影を続行する事になった」

「所長、そんな」

佐伯は信じられないという目で山崎と谷垣を見た。

「滝沢由紀の足はいつ治るか見当もつかん。それを待つだけの余裕は現在の大京映画にはない。それに『おんな牢・女郎地獄』は正月映画に決定した。佐伯君、なんとしても封切りには間に合わせてくれ」

「……」

佐伯は答えるべき言葉を失っていた。

「滝沢由紀のかわりの主役は、杉浦リエだ」

〝主役〟に陶酔、身もだえるリエ

雑魚寝〈42〉昭和59年(1984年)1月4日(水曜日)

「好きにしてええのんよ。今日はうちが谷垣さんの玩具になったげる」

リエは谷垣の腕の中で、小麦肌のその見事な裸身をくねらせた。

「好きにしてええのんよ」

そういいながらも、リエは、身を起こすと谷垣の下半身に馬乗りになり、彼のモノを自分の花弁の園に挿入し、女性上位で激しく腰を回転させた。

「ああ、いいわ……今夜のあなた、素敵っ」

リエは口でこそ谷垣にお世辞の言葉をいってるが、その実、リエは谷垣のことなど露ほどにも思ってはいない。やっとめぐり来た〝主役〟の座に、自分だけが陶酔し、自分だけの性欲を満足させていたのである。

「ああ……いく、いくわ」

リエは前後左右に大きく首を振って、真っ白い歯をみせて身もだえた。

「うっ」

とうめいて谷垣は果てた。

谷垣の体液がリエの体内にほとばしり出るのを感じた時、リエは突如、ガタガタと全身をけいれんさせた。

「ああーっ」

糸を引くような声を出してリエは、がっくりと身を伏した。

「あなたがあんまりいいんで、うち、どないかなりそうやったわ」

リエはニヤリと微笑して、股間の秘部に指を伸ばした。そして、谷垣が中に残していったゴム製品をつまんで出した。

「ウフフ……谷垣はんこないに出しはって」

リエはティッシュでそれを始末すると、谷垣の耳たぶに熱い息を吹きかけ、かんだ。

「あなたのお陰でやっとつかんだわ……主役の座」

「……」

「うち、大事にするえ、谷垣はんを……」

谷垣の耳の穴の中に、リエは熱い舌を差し込み、愛撫した。

「リエ」

「え」

「会社はおまえを由紀に代えて主役で行くことはオーケーなんやが、肝心の監督の佐伯が反対しとるんだ」

「佐伯監督が」

情事を終えたばかりの熱いリエの肉体から、血の気が引いて行くのがはた目にもはっきりと分かった。

「由紀が治るのを待てないなら自分も監督を降りるって……若造がえらぶりやがって」

吐き捨てるように谷垣はいった。

「一応筋は通っとるからマスコミ対策上、出来ることなら監督まで代えとうない、いうのが会社の方針や。今ごろ、製作部長が佐伯のアホを口説いとるやろ」

「谷垣はん、佐伯監督のいるとこ、知ってはりますのん」

「知ってるが、それがどうした?」

「うちが監督を口説きますねや」

意味あり気な笑いを浮かべてリエは谷垣を見た。

目を覚ますと全裸のリエが…

雑魚寝〈43〉昭和59年(1984年)1月5日(木曜日)

佐伯は祇園のクラブで正体ないほどに酔っていた。

〈由紀の事故はあきらかに監督たる自分の不注意である。アクションなどしたことのない女優が飛び降りるのだ。監督たる自分も塀に乗ってみて、安全を確かめるぐらいの配慮があってしかるべきだった……おれは監督失格だ〉

佐伯は自分自身を責めて酒をあおった。

その横で大京映画の製作部長が、苦虫を咬み潰したような顔でいる。

〈一人で酒を飲みたい……が、誰かが横にいて、やさしい声の一つも掛けてくれなかったら、今の自分は孤

独に耐えかねて気が狂ってしまいそうだ〉

佐伯は、そんなふがいない自分自身に腹立ちをおぼえて、また酒をあおった。

そして、したたか酔っぱらって眠ってしまったのである。

そこへ、リエを伴った谷垣が現れ、製作部長に声を掛けた。

〈どうだ？〉

「ご覧の通り。おれはもう疲れた。選手交代といこう」

製作部長は立ち上がるとさっさとクラブを退散していった。

リエは長い間テーブルにうつ伏して眠る佐伯を頬づえをついて見つめていた。

そしてポツリと呟いた。

「谷垣はんも帰ってんか」

「リエ」

「帰っておくれやす」

有無をいわせぬリエの強い声であった。

谷垣が帰って、どのくらいの時が流れたのであろう。やがて、クラブの看板の時間がきて、佐伯の体は柔らかい女の手で揺り動かされた。

泥酔した佐伯の目に女の淡い輪郭《りんかく》が、ぼんやりと浮いて見えた。

佐伯は生温かい絹のような感触を全身に感じていた。

〈おれはどこにいるのだろう……〉

佐伯はうっすらと目を開けた。

佐伯の目の前に形よく突き出した二つの乳房があり、その上に妖艶《ようえん》なリエの顔があった。

「杉浦君……」

「お目覚めにならはったんどすか」

リエは全裸の姿態をくねらせ佐伯にすり寄った。

佐伯はぼう然とリエを見、しばし寂《せき》として声もなかった。

「どうしておれがここに」

「いややわ、覚えてはらしまへんの」

「ああ」

「なんにも」

「そら、あれだけ飲んだはったら無理おへんかも知れんけど……そやけどうち、悲しおす」

突然リエは、両手で顔をおおって佐伯に背を向けた。

火の塊がリエの下半身に

雑魚寝〈44〉昭和59年（1984年）1月6日（金曜日）

リエが佐伯を連れてきたホテルの一室。おえつに小麦肌のリエの肩が小刻みに震えている。

「杉浦君……」

恐る恐る佐伯の手が伸びてリエの肩に乗った。

「おれが君をここへ誘ったのか」

「違います」

リエは涙でぬれた顔を佐伯に向けた。

「うちが監督を誘うたんどす」

「君が？」

「ええ、あんまり監督がお気の毒で、見てられなくって……」

「……」

「それにうち、前から監督さんのこと好きどした。だから……」

佐伯を見るリエの目から、新たなる涙がこぼれ落ちた。

「それで……おれは君を抱いたのか？」

これ以上、不幸な顔はないというほどにリエの顔はゆがんだ。

「覚えてはらしまへんの」

「済まぬが、そうだ」

「うわーっ」

切り裂くような声を発してリエは、佐伯の胸の中に泣き崩れた。

〈なんということをおれはしてしまったのだ……〉

佐伯は狼狽《ろうばい》して思考力を失った。

頭はアルコールの残余でガンガン鳴っている。

こうなれば、全くリエのペースだ。

「うち、好きなおひととやっと思いをとげたいうのに、それを覚えてないなんて、あんまりどす。ひどおす」

部屋中に響き渡るような声でリエは号泣した。

リエの涙が佐伯の胸をぬらし、ブルブル震えた乳首が佐伯の体に当たった。

涙と乳首の刺激が佐伯に奇妙な快感を与えた。自分の意思とは関係なく、下半身のモノに力がみなぎってきた。

ぴたりと体を密着させているのだから、それをリエが感じないわけがない。

〈もうひと踏ん張りや……〉

リエは心の中でほくそ笑んだ。そして、心の中とは全く反対に涙にぬれた実に悲しい目で佐伯を見た。

「でもかましまへん、うち……やっと好きなおひとと思いをとげられたんやから」

「……」

「うちのことは、気にせんでもかましまへんのえ」

リエの言葉が終わるか終わらないかのうちに、佐伯はリエを抱き締めていた。

「杉浦君……」

由紀とリエの間に漂う緊張感

雑魚寝〈45〉昭和59年(1984年)1月7日（土曜日）

由紀が入院中の病院の一室。足首から膝にかけて由紀の右足は、しっかりと石こうで固定されている。その右足を投げ出し、ベッドで横臥する由紀の前に、谷垣と佐伯、そしてリエの三人がいた。

「よかったね、監督」

由紀は嬉しそうに、佐伯を見た。

「わたしが鈍だからこんなケガなんかして、みんなに迷惑かけて、どうお詫びしたらいいのかと思ってたもんだから、本当によかった」

佐伯は穴があったら入りたかった。

佐伯は、由紀をとても正視出来ず、蚊の鳴くような声でいった。

「済まぬ……滝沢君をこんな目にあわせて、主役を代えて撮るなんて、おれはとても君にいえた義理じゃないんだが」

「いいのよ、そんなこと。それより頑張ってね、成功を祈ってるわ」

「……由紀」

初めて顔をあげて佐伯は由紀を見た。

由紀の目が笑っている。

「由紀ちゃん」

野性的な目をキラキラ輝かせて、チラリと佐伯を見てリエは由紀に声を掛けた。

「とても由紀ちゃんみたいに魅力的にってわけにはいかしまへんけど、その分、ファイトで頑張るワ」

それに対し由紀はチラッともリエを見なかった。

「ほな今日は報告だけにしておいて、また、改めて見舞いにくるわ」

谷垣の言葉で佐伯とリエはイスから立ち上がった。

「あの」

と、由紀がいった。

出ようとしていた三人が振り返った。

「リエちゃんだけ、貸してもらえません。ちょっと話したいことが」

「ああ、ええとも。それじゃリエ、後で撮影所でな」

谷垣と佐伯は病室を後にした。

扉が閉じたとたん、ピーンと張りつめた緊張感が病室を支配した。

由紀とリエは、しばし睨み合って身動きひとつしなかった。

その緊張感から逃れるように笑ってリエはいった。

「話ってなんです？」

「……」

「谷垣はんと由紀ちゃんの二人だけの秘密をしゃべったことどすか」

「違うわ」

「ほな、由紀ちゃんと佐伯はんとの仲、谷垣はんにしゃべったことどすか」

「違うわ」

「ほな、なんですの」

「リエちゃん、あなた、わたしの寝た後の男としか寝ないの？」

一瞬、リエの顔が青くなった。

「わたしの食べた後の残飯、そんなにおいしい？」


雑魚寝〈46〉昭和59年（1984年）1月8日（日曜日）

由紀「佐伯との愛は終った・・・」

由紀は、病室に佐伯とリエが入った瞬間から、二人が出来た……ことを知った。

それは、女の直感以外のなにものでもなかった。

〈男と女の愛って、一体なんなんだろう〉

由紀の全身を瞬時、虚しいすき間風が吹き抜けて行った。

〈佐伯との仲も終わった……〉

しかし、佐伯とは短い期間ではあったが、谷垣と違って、利害関係抜きに心底愛し合った男である。

〈別れもきれいでなくっちゃ……〉

だから由紀は、佐伯に対し励ましこそすれ、恨みごとを一言もいわなかったのだ。

だが、リエは違う。

前張りの一件、谷垣のこと……数えあげたらきりがない。

〈どうしてもリエとは決着をつけておかねばならぬ……〉

「残りものって、そんなにおいしいの？」

「へえ、おいしおす。うちみたいにしつけに厳しい家で育ったものは、最後まで残さんと食べなおこられますねん」

リエはさらりと答える余裕をもう取り戻していた。

「最初に食べたら、もし腐ってたらお腹こわしますやろ。その点、毒味した後は安心していただけます」

「たまには新鮮なもの食べたいとは思わない？」

「そのうち、いただこう思うてます」

「それじゃ、うちがせっせと残りかす運んだげるから食べるといいわ」

「気いつこうてもろうておおきに。話はそれだけどすか」

「もっと話したいことはいっぱいあるけど、あなたになに話してもむだや」

「そうどすか。ほな、さいなら」

「さいなら」

バタンと扉が閉じて病室のベッドに由紀が残った。

リエが出て行った後の扉を、しばしみつめていた由紀は、やがて、視線を移した。

そして、石こうで固定された右足を見た。

激痛に思わず由紀は顔をゆがめた。

「痛い」

その目から、せきを切ったように涙があふれ出た。

だが、その涙は傷の痛さのために流したものではなかった。まして、リエに佐伯と主役の座を奪われたために流した涙でもなかった。

今、なすべきことがいっぱいある。なのに、一歩もベッドから降りることが出来ぬ、おのが体のもどかしさに……思わず涙した由紀であった。

どのくらい由紀は泣いていたのであろう。

伏せた顔があがった時、由紀の目にもう涙はなかった。その目はある決心を秘めてギラギラと輝いていたのである。

〈一日も早く傷を治して銀幕にカムバックするんだ。そして、どんなことがあってもわたしはスターになる……〉

大京映画の旗が抜けるような青空にはためいている。

撮影所の玄関に立つ、佐伯俊夫……凝視、怒りが沸々と湧き上がってくる。

後ろから攻める佐伯、失神リエ

佐伯は嵐山のマンションの一室で、狂ったようにリエを抱いていた。

いや、犯していたといった方が正確かも知れない。

リエは佐伯の両腕にしがみついている。

そうしなければ吹き飛ばされそうな気がしたからだ。それほどまでに激しい佐伯の性行為であった。

リエはすでに何度も頂点を迎え、今は歯を食いしばって、獣のようなうめき声をあげている。

「かんにんどす。もっとやさしゅう……お願いどす」

〈誰がやさしくなんかしてやるもんか。この女がおれと由紀との関係をめちゃくちゃにしやがったんだ〉

「リエ、おまえは由紀の代わりに主役になりたくっておれに近づいたんだろう。本当のことをいえ」

「もうかんにんしておくれやす。何度、同じことを聞いたら気がすみますの。うち、監督さんのことが前から好きで……あーっ」

リエは裸身をのけぞらせて、締め殺されるような声を発した。

突然、佐伯がリエの乳首をかんだからだ。

「どうして、おまえとおれのことを由紀が知ったんだ。おまえがしゃべったのか」

「うちが由紀さんと監督の仲を知ったように……由紀ちゃんも、それが女どす」

「ちくしょうめ！」

再び、佐伯はリエの乳首をかんだ。

「痛っ」

リエは苦痛に顔をゆがめた。

「かんにんして」

「おまえが憎い……殺したいほど憎い！」

佐伯はリエの首に両腕をあてて締めた。

「殺しておくれやす……好きなひとに殺されるなら、うち喜んで……」

佐伯が首から手を離した時、息もたえだえにリエはいった。

「おまえを喜ばせるようなことを誰がする」

佐伯の手がリエのでん部にまわった。そして、五本の指の一本がアヌスに伸びた。

リエのアヌスは、花弁の花園から噴き出した甘い蜜が流れきたのか、したたか濡れていた。濡れていたため滑りがよかったのか、佐伯の指の一本は、さほどの抵抗もなくリエのアヌスにすっぽりと納まった。

「ああ」

リエは気が狂わんばかりの声をあげ、そして、強い圧縮力で佐伯の指を締めた。

「痛いか」

「痛おす」

「気持ちいいか」

「ええ気持ちどす」

佐伯はおのがイチモツを花弁の園からぬき去ると、指の代わりにそれを押し入れ、放射した。

「ギャーッ」

リエは絶叫し、全身を打ち震わせて失神した。

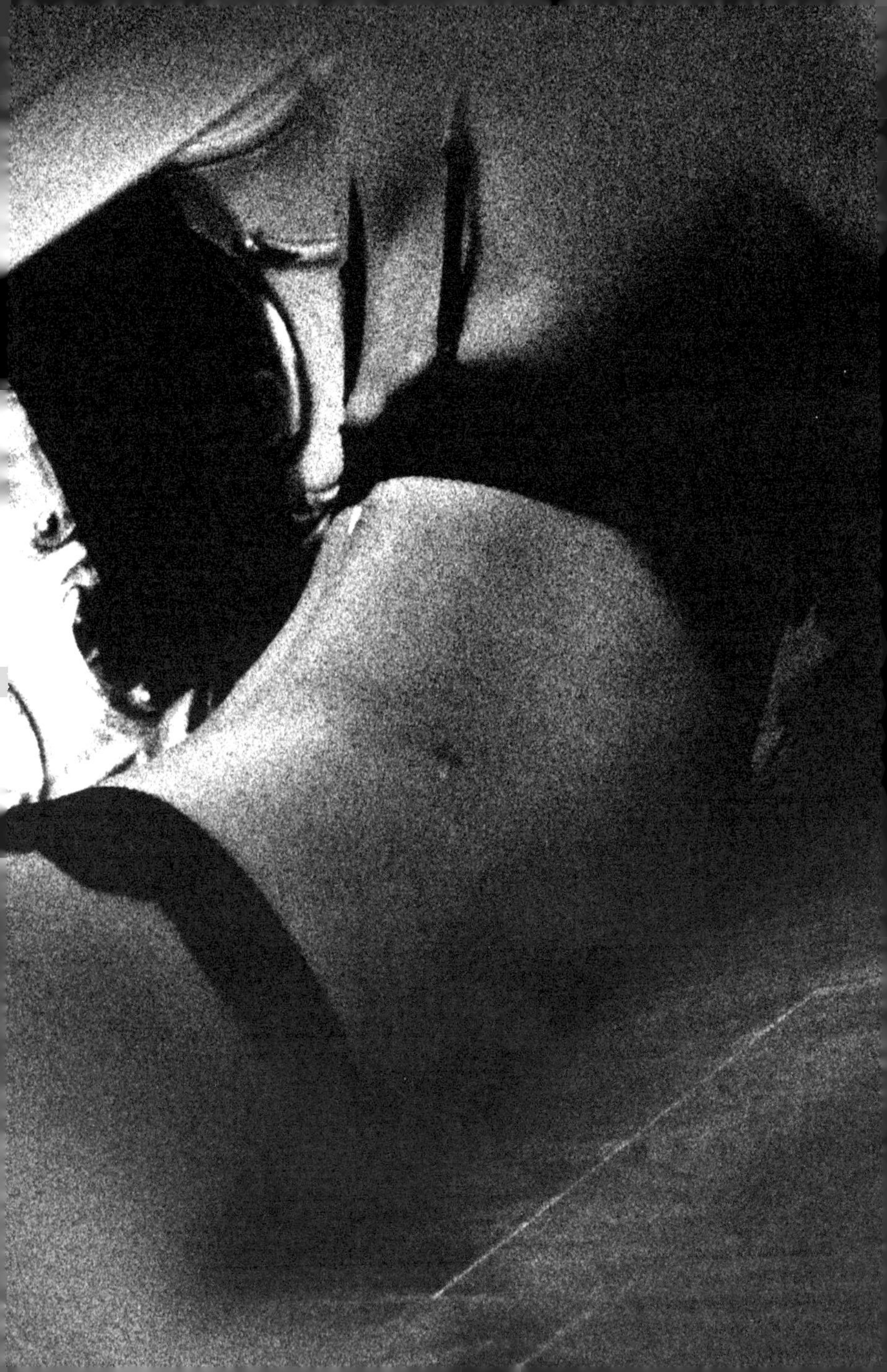

豊満な裸体を紳士の前に・・・

雑魚寝〈48〉昭和59年（1984年）1月10日（火曜日）

由紀が事故を起こして半月の時が流れた十二月上旬、京都にその年、初めての雪が降った。

ベッドの中で由紀は、降りしきる雪をぼんやりとみつめていた。

その時、扉をノックする音がした。

由紀は振り返った。

〈誰だろう……〉

由紀が事故を起こした当初は見舞い客でごった返したこの病室も、このところ、訪ねてくる者はとんとない。

「滝沢由紀さんのファンの者ですが」

扉の外から渋い男の声がした。

ファン……と聞いて、由紀の顔が瞬間、花が咲いたように華やかになった。

「どうぞ、お入りになって」

その声は、明るく弾んでいた。

扉が開いて、パリッとして背広を着こなした中年の紳士が、大きな果物かごをいっぱいにかかえて入ってきた。

「どうですか、傷の具合は？」

紳士は果物かごを由紀のまくら元に置くと、柔和な微笑を由紀に投げかけた。

由紀は、その紳士を穴のあくほど見た。

「……」

由紀は内心の動揺を必死に隠して
「どこからおいでになったんですか？」

「九州の山鹿《やまが》って温泉街からです」

「九州……そんな遠いところから」

「……」

「山鹿でなにをなさっているの？」

「小さな料理旅館を……」

「映画をご覧になって、わたしのファンに？」

「ええ」

紳士はうなずいた。

「映画の中のわたし、どう、魅力的だった？」

「ええ」

「抱いてみたいと思った？」

「……」

紳士のほおがピクンと動いた。

そんな紳士に由紀は、いたずらっぽい微笑を投げかけて
「わざわざ遠いところからきていただいたんだからたっぷりとサービスしなきゃね」

「……」

「スクリーンじゃなく、今日は、本物の裸をあなたにご覧に入れるわ」

「そんな……」

紳士はあわてて首を振った。

「いいのよ、遠慮しなくたって。山鹿に帰ったら自慢出来るわよ、滝沢由紀の本物の裸を見たっていったら」

いうなり由紀はネグリジェを肩からずり落とした。まばゆいばかりに白い豊満な由紀の上半身が、紳士の目の前にこぼれ出た。

父の胸の中で涙する由紀

雑魚寝〈49〉昭和59年(1984年)1月11日(水曜日)

由紀は、ファンだと称して見舞いにきた紳士を一目見て、自分の父だと分かった。

その男の前で、由紀は豊満な上半身を露出したのである。

「みんな脱いであげたいんだけど、ご覧の通りで足はだめなの」

「……」

「そのかわり、触ってもいいわよ」

「……」

クククククッ……突然、男はしぼりあげるような声を発して顔を伏せた。

「許してくれ、由紀」

「……」

「おれはおまえを捨てた父だ」

「……」

初めて由紀を正視した男の顔は、涙でクシャクシャにゆがんでいた。

男はいうなり、部屋を飛び出そうとした。

「待ってよ」

由紀の声に男は足を止めた。

「あんた、自分の娘を一度でも抱いたことがある？」

「……」

「ないよね、わたしが生まれた時、すでにいなかったんだから」

「……」

「そんな父親にこの体抱かせてやろうというんだ。一度くらい、しっかりと抱き締めていきなよ」

乱暴な言葉とは裏腹に、由紀の目から涙が一条、ほおを伝って流れ落ちた。

「……由紀」

一声叫んで、由紀の父親は裸の娘を力いっぱい抱き締めた。

「許しておくれ。おまえになにもしてやれなかった、こんな父を許しておくれ」

「一目で分かったわ……わたしのお父さんだって。だって、わたしとウリ二つなんだもの」

由紀も今は、父の胸の中にむしゃぶりついて号泣した。

「どうして今まで、わたしをほおっておいたのよ」

由紀は生まれて初めて、人の胸の中で思いっきり涙した。

由紀の父親が帰った後、夜になっても雪はやまなかった。

病院の木々がすっぽりと雪で埋まっている。

窓辺に立った由紀は、降りしきる雪を凝視していた。

〈……雪ってのは、みんな真っ白にしていくんだわ……〉

長年、由紀の中にあった父親への憎しみが、まるでウソのように消えていった。

〈映画界に入って本当に良かった……今は、あんなに優しいお父さんに逢えたんだもの……〉

由紀は窓辺から離れると果物かごからリンゴを一つ取った。

ぽとりと封筒が落ちた。中には、由紀へのわび状と、二百万円の小切手があった。

〈この小切手はお母さんに送ってやろう……慰謝料として〉

久しぶりに由紀は心の底から笑みをもらした。

指だけでは・・・震えるリエ

雑魚寝〈50〉昭和59年(1984年)1月12日(木曜日)

十二月二十九日『おんな牢…』シリーズ第二弾『おんな牢・女郎地獄』は封切られた。

客の入りは惨たんたるものであった。

大京映画の正月興行の最低を記録した。

この興行成績のすべてが『おんな牢・女郎地獄』にあるわけではない。『おんな牢…』は二本立ての添え物で、もう一本、大スターが出演するトリの映画がちゃんと付いているのだ。責任が問われるとするならば、たっぷりと予算をかけた大スターの映画がとるべきだ。

しかし、それも酷な話だ。

この年、昭和四十六年、映画界は普及したテレビの影響をもろに受け、観客動員数激減のピークを迎えていたのだ。

が『おんな牢・女郎地獄』の映画の仕上がりもまた、悪かった。

あれほどみずみずしかった佐伯の演出が、一作目と二作目ではこれが同一人物の映画かと目を疑うほどの出来ばえであった。

やはり、由紀とリエとの主役交代劇の精神的後遺症がもろに映画に出てしまったのであろう。

スクリーンでのリエも、いまひとつ魅力に欠けた。現実のリエを見る限り、由紀とそれほど劣るとは思わぬ魅力的な女である。が、それがスクリーンの魔術なのだ。現実の魅力とは関係なく、カメラ映りのいい役者と、そうでない役者がいるのだ。

さんざんの酷評を受けて、佐伯は朝から酒をあおる日々を送っていた。

まくら元に酒があり、布団の中に一糸まとわぬリエがいる。

佐伯はウイスキーをストレートであおると、リエの草原の奥に指を差し込んだ。

「おまえのここ、下りボンボや」

その佐伯の手を取って、自分で上下に動かし、肉壁にこすりつけてリエはいった。

「下りボンボって?」

「おまえと寝ると男のツキが落ちる」

「ほな、由紀ちゃんは上りボンボどすか?」

「ああ……」

「ほなら由紀ちゃんとこ行って、寝てくれってお願いしはったら」

「……リエ」

「うちはかましまへんのえ、ああ…もう、指だけでは辛抱出来しまへん、ちょっと貸しておくれやっしゃ」

と、リエは佐伯のモノを取ると、さっさと自分の下半身に挿入した。リエの顔が快感にゆがみ、乳房がぶるりと震えた。

「好きだな……おまえ」

ポカンと口を開けて佐伯はいった。

「へえ、好きどす」

リエは、ゆるりと腰を揺すって
「あんた」

「え?」

「この下りボンボ、つかんだのが運のツキどす。うちはどんなことがあっても、あんたを離さしまへんえ」

女性上位で責めまくるリエ

雑魚寝〈51〉昭和59年(1984年)1月13日(金曜日)

「もう、誰にもあんたを渡さしまへんえ……」

リエは下半身に佐伯のモノをしっかりとくわえ込んで、女性上位で佐伯を責めた。

「おれみたいな男をつかんでも、なんにもならんぞ」

「ええのどす」

「あんな失敗作を撮っちゃ、二度と監督として、お呼びもない」

「ええのどす」

「そんな男をつかんでどうする」

ウフフフ……リエは含み笑いをもらして、挑発するように、その形よくつき出た二つの乳房を佐伯の顔に押しあてた。

その弾力ある乳房は、佐伯の顔の上でグニャリとつぶれて弾んだ。

「うちはな、花柳界で育ったおなごどす。得にならんことはせえしまへん」

「監督失格の男をつかんでも得にはならんと思うがな」

「うちも女優失格どす」

「……」

「けどな、これから映画はもうあかしまへんえ。あんな、いつ潰れるや分からん、給料も遅配してるようなとこに、しがみついてどないしますねん。うちは女優の夢捨てました。あんたも映画の夢捨てておくれやす」

「……リエ」

「一から出直しますねや」

「一から？」

「そうどす。飛騨の高山に帰って、お父さんの跡継ぎますのや。およばずながら、うちも手伝わせてもらいます」

「リエ、おまえ！」

「へえ、みんな調べさせてもらいましたんや。佐伯はんが、飛騨一番の民芸家具問屋の一人息子やいうことも」

「……」

佐伯はぼう然としてリエを見た。

「飛騨のご両親が一日も早う帰ってこいいうたはることも」

「……」

「そうでなきゃ、なんで、うち佐伯はんとこんなことしますかいな」

と、リエはさらに佐伯のモノを飲み込んだ下半身に力を入れ、なめし皮のようにしなる姿態をくねらせ、切ないあえぎ声をもらした。

「それじゃおまえは、すべてを計算ずくで！」

「あんた、ちょっと黙ってて、今、ええとこなんやから、もうちょっとでいくとこなんやから」

「リエ、おまえってやつは！」

「ちょっと黙ってて、もうじきいくとこなんやから……ああーっ、いく、いく」

リエは激しく腰を回転させてのけぞった。そして、両手で自分の乳房をわしづかんで、自分だけ大きな波をかぶって昇りつめた。

「ああ……ええ気持ちやった」

リエは佐伯の耳に熱い息を吹きかけていった。

「あんた、ええこやから高山へ帰りまひょな……」

リエのおなかに佐伯の子が！

雑魚寝〈52〉昭和59年（1984年）1月14日（土曜日）

佐伯はリエを見た。

自分だけ勝手に性欲を満たして、ニンマリと微笑するリエを見た。

〈この女は悪魔の使いだ……このまま、この女に取りつかれたら、おれは食い殺されてしまう〉

バシーッ！　いきなり佐伯の平手がリエの顔面をとらえた。

「あんた、何するの！」

打たれた頬を押さえてリエは叫んだ。

「きさまのその体、腐った肉だ」

叫びざま、佐伯はリエの髪の毛をつかんで引きずって、玄関の扉に叩きつけた。

「この淫売女《いんばいおんな》。さっさと出て行け」

「淫売女やて」

リエはスックと佐伯の前に立った。

「よくも、そんな口がきけたわね」

「事実だからいったまでだ」

「うちが淫売なら、あんたなによ。淫売に群がるハゲタカやないの」

「出て行け、きさまの顔など二度と見たくない、出て行け」

「出て行けって？」

「ああ」

「うちが出て行って、この体が抱けんようになって、今のあんた一人で生きていけますのん」

佐伯の顔が一瞬、崩れた。

「へえ、そんな自信、今のあんたにありますのん」

リエは、自分の美しい肉体を誇示するように胸を張った。

「うちのこの体、食べられんようになってもよろしゅおすのか？」

思わず佐伯はリエを見た。

リエの黒い草原の奥にある花弁の園が、ポカリと口を開けて、今や佐伯を飲み込まんと待ち受けている。

「……リエ」

佐伯の張りつめた肩からふいに力が抜けていった。

それをリエは見逃さなかった。

勝ち誇ったような微笑を浮べて、リエは、佐伯の前に進み出た。そして、佐伯の手を取って、弾力ある乳房に押しつけた。

「ハゲタカは腐った肉しか食べへんのどすって」

「リエ……」

リエは乳房においた佐伯の手をずらして腹に移動させた。

「うちはどんなことがあってもあんたを離さしまへん、いいましたやろ……。あんたが触ったはるお腹の中に、あんたのお子がいますのえ」

佐伯は思わず息を飲んだ。

「おれの子が！」

「へえ、もう四ヵ月どす」

撮影所閉鎖、どこへ行く由紀

雑魚寝〈53〉昭和59年（1984年）1月15日（日曜日）

由紀が退院したのは、事故を起こしてちょうど四ヵ月、桜の花がチラホラ咲き始めたころであった。退院したといっても、ケガが完治したわけではない。これ以上、病院にいても治療の方法はなく、後は時間という薬が傷を治してくれるのだ。

病院には谷垣が迎えにきていた。

「病院ではまずいもんばっかし食っとったやろ。どや、おいしいもんでも食べに行くか」

「ええ。でも。その前にちょっと撮影所を」

「撮影所にいっても、撮影は一本もやっとらん、あるのは赤旗だけや」

「赤旗？」

「組合が、撮影所閉鎖反対いうて立てとるんや……そんなもんなんぼやったかて、大京映画のつぶれるのは時間の問題やのに……ご苦労はんなこっちゃ」

「……撮影所がなくなるんですか」

「そう、赤字を埋めるために売却するいう話や」

「連れてって、撮影所に」

「由紀ちゃん」

「もう、見られないかもしれませんから、ちょっとだけでも見ておきたいんです」

大京映画・京都撮影所の正門は閉じられ、そのかわり所狭しと赤旗がにぎにぎしく立ち並んでいた。

その赤旗は、春の風にパタパタと揺らいでいる。時おり、はち巻きを締めた組合員が正門横の小門をもぐって入って行くだけで、人通りは絶えてない。

車中からそれを凝視する由紀の胸中に、なんともむなしい思いが突き上げてきた。

〈なんのために難関を突破してニューフェースなんかになったんだろう……肉体まで売ってスターになろうとした代償がこれなのか。なんということだ……なんと……〉

これが由紀の大京映画・京都撮影所を見た最後であった。

「これからどうする？」

木屋町の高瀬川沿いに建つ料理屋の一室で谷垣はいった。

「しばらく温泉にでもつかって、足を治しながらこれからのことは考えよう思います」

「由紀ちゃん」

「え」

「おれはな、おまえさんのその足の傷が治ったら、由紀ちゃんさえうんいうてくれたら、プロデューサーやめて、おまえさんのマネージャーやろ思うてるんや」

「谷垣はんがわたしのマネージャーに？」

由紀は驚いたように谷垣を見た。

「そうや。由紀ちゃん、おまえさんは生まれついてのスターや。『おんな牢・責め地獄』を見てはっきりそう思うた。大京映画はつぶれる。おれはおまえさんをこのまま野たれ死にさしとうはない」

谷垣は由紀の手を取った。

その手を由紀はパチンと叩いて
「その手でまた、わたしを抱こうたって、そうはいかないのよ」

12年の歳月が由紀を熟女に変えた

雑魚寝〈54〉昭和59年(1984年)1月16日(月曜日)

滝沢由紀の足の傷が完治するのにちょうど一年の時間を要した。皮肉なことに、由紀の足が完治した昭和四十六年の十二月、大京映画は崩壊した。

それから十二年ちょっとの歳月が流れた昭和五十九年の冬、由紀は母・絹代と、今は滝沢企画の社長となった谷垣を伴って、下呂の温泉旅館の一室にいた。

十二年の歳月は、由紀、そして、谷垣を大きく変えた。

傷が完治した後、由紀は谷垣の勧めに従ってテレビ界に進出した。そこで由紀の持って生まれた女優としての資質が全面開花した。

今や滝沢由紀は、押しも押されもせぬお茶の間の大スターである。

結局、由紀が裸を売り物にしたのはデビュー作の『おんな牢・責め地獄』だけで、以後は清純派のスターとして通している。

つい最近、どこかの雑誌社が主催するお嫁さんにしたいスターのNo．1に、由紀は選ばれた。

最初は由紀のマネージャー兼付き人であった谷垣も、由紀がスター街道を登り始めたころ〝滝沢企画〟という会社を設立して社長に納まった。まあ、社長といっても形式上のことで、今でも谷垣は、由紀のマネージャー兼付き人に大差なかった。

由紀がここ下呂に谷垣と絹代を連れて旅の宿をとるのは、つい三日前、長らくレギュラー出演した番組が終了したので、その疲れをいやすためのものである。下呂を選んだのは、三日後に新たに出演することが決まった番組のロケーションが、飛騨の高山で行われるからだ。

今、卓上の豪華な料理に舌つづみを打つ由紀は、アルコールの入ったせいもあるが、成熟した大人の色気を全身に漂わせている。

由紀は、氷をカチンとならして、水割りのグラスを取った。そして、それを口に含みながら、目の前で、かしこまって料理を食べる青年を見た。

青年は骨格のがっちりとした長身で、目鼻だちのはっきりしたなかなかの好男子である。

彼は〝滝沢企画〟に所属した俳優志望の青年で、高山ロケの由紀の付き人としてここに連れてこられたのだ。

「あなた、いい体してるわね？」

由紀はなめるように青年を見て声を掛けた。

「そうですか」

「なにか、運動やっているの？」

「高校時代、ラグビーを……」

「そう」

「しっかり勉強して、いい俳優にならなきゃ、ね」

「はい、頑張ります」

青年は力強い声で答えた。

「谷垣さん、わたしちょっと酔っぱらったみたいだから、先に失礼するわ」

つやっぽい微笑を浮かべて由紀は立ち上がった。

向こうに負けたら・・・燃える絹代

雑魚寝〈55〉昭和59年（1984年）1月17日（火曜日）

食事の宴を終えて、由紀が自分の部屋に帰っていった後、ガランとした、だだっ広い部屋に谷垣と青年だけが残った。

「木村君」

「はい」

谷垣に木村と声をかけられた青年は顔をあげた。

柔和だった谷垣の顔は、一変して厳しい表情に変わっていた。

「君は顔もいいが、なかなか頭も良さそうや」

「……」

「これはこづかいだ。君にやる、とっとけ」

谷垣は無雑作に財布の中から一万円札の束をわしづかむと、青年の前に投げ出した。

「……」

「これを僕に……？」

青年はわけが分からずお金と、そして、谷垣を見た。

「そうだ。そのかわり君は、ここを出たらすぐに滝沢由紀の部屋に行け」

「僕がですか？」

「そうだ。そして、そこで起こることは一生、君は誰にもしゃべっちゃならん」

「……」

「しゃべったら、君は生涯、役者にはなれん。約束出来るか」

青年は瞬時にして、谷垣が何をいわんとしているのかを理解した。

「約束します」

「君はええ役者になる」

と、青年の肩をポンと谷垣は叩いた。

青年は、一万円札の束を握り締めると立ち上がった。

「失礼します」

青年が出て行った直後、隣室の襖《ふすま》が開いて、絹代がにじり出てきた。

「大丈夫かね……あのこ」

と、絹代は谷垣にしなだれかかった。

「大丈夫や。心配はいらん。彼のことはすべて調べた、口の堅い男や」

谷垣は絹代の浴衣のえり元から手を滑り込ませて、たっぷりと肉のついた乳房をもてあそびながらいった。

「だったらいいんだけど、由紀はお金のなる木や。スキャンダルみたいなもんで枯らしてしまっちゃ、あんた承知しないからね」

と、谷垣のイチモツをグイと握り締めた。

谷垣と絹代が愛人関係になって、かれこれもう十年になる。

谷垣の手で絹代はいつしか浴衣を脱がされていた。五十を過ぎたというのに、見事に豊満な裸身であった。

「おまえの体、いつまでたっても年とらんな」

「そりゃ天下の滝沢由紀を産んだ体や……そこらの女と一緒にしないでよ……あんた」

「なんや?」

「向こうさんに負けないようにしてくれなきゃ承知しないわよ」

まばゆい色香で木村を挑発

雑魚寝〈56〉昭和59年（1984年）1月18日（水曜日）

「誰？」

木村大作という俳優志望の青年は、自分の部屋できれいに歯を磨き終わると、由紀の部屋を訪ねた。

扉の向こうから由紀の声がした。

「木村です」

「お入り」

「失礼します」

扉を開けて木村は中に入った。

「カギを忘れないでね」

「はい」

木村はカギをロックすると、障子を開けて入った。

下呂一料金が高いといわれるだけあって、室内は贅《ぜい》をつくした豪華な部屋であった。

縁側のソファに胸元が大きく開いたネグリジェを着た由紀が、ソファによりかかって水割りを飲んでいた。

思わず木村は息を飲んで立ち止まった。

由紀のあまりの妖艶さに木村の足が震えて動けなくなったのだ。

「どうしたのよ、ここへきて一緒に飲みましょうよ」

「はい」

木村は震える足で由紀の前に進み出た。

由紀は、木村のために水割りを作ってやり
「乾杯しましょ」

と、グラスを取った。

カチンとグラスが当たって、木村はグイと水割りをあおった。

目の置きどころに困った。

それもその筈である。ネグリジェを着ているといっても、それは着ていないのに等しい。

三十を過ぎたばかりの、女の脂の乗り切った成熟した肉体が、ネグリジェ越しにすけて見える。股間には
すでにパンティーはなく、黒い陰影が浮いてはっきりと見える。

木村は女を知らないわけではない。いや、むしろ同世代の男としてはよく知っている方に属する。俳優を
志望するだけあって、マスクはいい。その端正な顔に女たちは群がってきた。

が、今、木村の目の前にいる由紀は、そんな女たちとは器が違った。

由紀は木村の前に、まばゆいばかりの色香を放って立ちふさがっているのだ。

まさに木村は、由紀というヘビににらまれたカエルであった。

由紀はグラスを取ると、ゆっくりと立ち上がって、木村の横に席を移した。

由紀は水割りを口に含むと、木村に接ぷんした。

由紀の口の中からあふれ出たアルコールが、木村の口の中に移動した。

木村はゴクリとのどを鳴らして、それを飲み込んだ。

由紀のぬれた赤い唇が顔をはって、木村の耳朶をかんだ。

「おまえは今夜、わたしに買われた男娼《だんしょう》。いい子だから、なんでもわたしのいうことを聞くかなくっちゃ……いいわね」

雑魚寝〈57〉昭和59年(1984年)1月19日(木曜日)

湯の中で木村に食いつく肉壁

部屋続きに家族風呂がある。

こんこんとわき出る温泉に、由紀は雪のように白い豊満な裸身を横たえていた。

「失礼します」

声がして、戸が開いて、下半身をタオルで覆った木村が入って来た。

高校時代、ラグビーで鍛え抜いただけあって、見事に筋肉の張った肉体であった。

由紀は、洗い場で体を流す木村の後ろ姿を凝視する。

「ねえ」

と、由紀は声を掛けた。

「タオルを取って、そこに立ってちょうだい」

木村は困ったような表情を現し、由紀を見た。

「早く」由紀は声を荒ら立てた。

木村は、その声にあわてて立ち上がった。

ポトリとタオルが落ちた。

若い木村の股間のモノは、すでに天をにらんで怒張していた。

「なかなか立派じゃないの……」

由紀は満面に笑みを浮かべて木村を見た。

木村は恥ずかしさのため、体を打ち震わせている。

その初々しさがまた、由紀を楽しませた。

「あなた、それでずいぶん女を泣かせたんでしょう」

「……」

「いいから、答えなさい」

「そんな……僕っ」

「ウフフ……」

由紀は含み笑いを漏らして
「今夜は、わたしを泣かせなきゃだめなのよ。いらっしゃい」

「失礼します」

木村は一礼して、湯の中に入って来た。

勢いよく、浴槽から湯が飛び出した。

瞬間、由紀の手が伸びて、木村のモノを手に取った。

「おいしそう、ウフフ……」

含み笑いが終った瞬間、木村のモノは由紀の花弁の花園にすっぽりと納まっていた。

由紀の花園はすでにぬれにぬれ、甘い蜜が洪水となって噴き出している。

「ああ」

思わず木村は声をもらした。

由紀の肉壁が一斉に木村のイチモツに食いついたのだ。

「どうだ、気持ちいいか」

由紀は男のような荒っぽい言葉を吐いた。

「はい、とっても」

「今までの女とどうだ」

「最高です。こんなに気持ちがいいの……ボク」

突然、由紀は腰を引いた。

湯の中に、木村の巨大なイチモツが転がり出た。

「……」

驚いたような顔で木村は由紀を見た。

抑えてきた肉体が今爆発

雑魚寝〈58〉昭和59年(1984年)1月20日(金曜日)

下呂《げろ》の温泉旅館の一室……家族風呂の中で木村は、由紀に自分のイチモツを勝手に挿入され、そして、勝手に抽出《ちゅうしゅつ》された。

惚けたような顔をした木村に由紀はいった。

「おまえは今夜、わたしに買われた男娼だよ。おまえが気持ちよくってどうする。わたしを気持ちよくするのがおまえの役目じゃなくって。え、どうなの？」

「……」

「どうなのよ？」

「す……すみません」

木村は体を震わせて、頭を下げた。

「分かればいいの。じゃ、背中をお流しなさい」

由紀は湯から飛び出して、洗い場に腰を下ろした。

木村は、お湯をたっぷりと由紀の体にかけると石鹸を手にした。

「タオルではなく、手で洗うのよ」

「はい」

木村は豊満な由紀の裸身にたっぷりと石鹸を塗りつけると、その雪のように白くてスベスベした肌をなでた。

〈なんと見事な肌なのだろう……僕はこの女《ひと》のためなら奴隷にでもなんでもなる……〉

木村は、心の中で呟いた。

そして、こうも呟いた。

〈この人を利用して、おれは今にスターになる〉

そんな木村をみつめる由紀の肉体は、勝ち誇ったように乳房が上を向き、下半身の黒い陰影は妖《あや》しい芳香を放っている。

そして、その由紀の肉体はこう語っていた。

〈今夜送り込まれたこのいけにえをどう料理してやろう……〉

由紀はお茶の間で清純な役を演じ続けてきた。貞淑《ていしゅく》な未亡人であったり、家族のために身を犠牲にして結婚もせず家を守りぬく……そういう役柄がほとんどであった。

しかし、現実の由紀は違った。

年をとって肉体が成熟していくのに従って、男を求める欲望度も強くなってくる。

虚像と現実の中で由紀は悩み苦しんだ。

まして、お茶の間の大スターゆえ、周囲はスキャンダルを一番恐れる。結婚したいと思った男性が何人かこれまでの人生にあった。が、むりやりその仲を引き裂かれた。そして、今夜のように谷垣が因果を含めたいけにえの男が、次々と由紀に送り込まれてくるのだ。

由紀は今、あらゆる意味で我慢の限界にきていた。特に長い番組を終了した後には、不満のうっ積は爆発する。

谷垣もそれをよく承知していて、由紀好みの男を送り込んできたのである。

ふいに由紀の体が揺らいで、木村の腕の中に身を崩した。

そして、木村の手を乳房に押しつけていった。

「おまえって、食べてしまいたいほど、可愛いわね」

「もっと・・・」女の欲望むきだす由紀

雑魚寝〈59〉昭和59年（1984年）1月21日（土曜日）

一糸まとわぬ由紀が布団の上に横臥する。

その足首を両手で拝むように取った木村が、足の指と指の間を、チョロチョロとヘビのように赤い舌を出してなめている。

「ああーッ」

由紀は襲いくる快感に思わず身もだえた。発達したでん部が大きく揺らいだ。

「おまえ、いいこよ……上手よ……」

木村の舌は、足の裏から、すねから太ももまで、美しい由紀の素肌をはいずりまわって、花弁の園に到達した。

「なめるのよ……たっぷりと時間をかけて」

すでに由紀の花園は甘い蜜を噴出し、美しいその顔からは想像だに出来ない、動物的な女の欲情のにおいをいっぱいに放出していた。

十分に時間をかけて花園を愛撫した木村の舌は、移動して、ピンク色に突き出た乳首を含んだ。

その瞬間
「うっ」

と、うめいて、木村は股間を手で押さえた。

よだれが出そうになるおいしい食事を前にして、食べようにも、食べさせてもらえない若い木村は、とうとう限界にきて、放出してしまったのだ。

木村の指の間からこぼれ落ちた白い液の数滴が、由紀の肌の上に落ちた。

木村はあわててまくら元のティッシュで手をぬぐった。

そして、由紀の肌に落ちた白い液体をもぬぐおうとした。

バシーッ！　由紀の平手が木村の顔面に飛んだ。

吹っ飛んだ木村は驚いて由紀を見た。

「おまえは、わたしを誰だと思ってんだい？」

「……」

「天下の大スター、滝沢由紀だよ……そんなもんでふくやつがあるか」

「……」

「自分の口で、おぬぐい」

「すみません……許して下さい」

木村は震えあがって、自分の放出した液体を自分の口で始末した。

そんな木村を見る由紀の顔は、お茶の間では決して見ることが出来ない、嗜虐的な快感に満ちあふれていた。

まさにメスそのものの顔であった。

木村の若い肉体はすぐに回復し、由紀の欲望に応えた。

今、お茶の間の大スターは、若い木村の肉体の下で、身もだえ、狂気せんばかりの声をあげてのたうっている。

「ああ、いく、いくわ」

由紀は激しく腰を上下に揺すって
「お、おくれ、おまえのものをおくれ」

「……でも」

「今日は大丈夫なの……おまえのすべてをおくれ」

二人は同時に頂点に昇りつめて、歓喜が一つになって爆発し、散華した。

由紀と木村の性の祭典は、その後も連日、行われた。

それは、あくことを知らない由紀のセックスへの欲望以外のなにものでもなかった。

SEXで美しく…それが女優

雑魚寝〈60〉昭和59年（1984年）1月22日（日曜日）

飛騨《ひだ》の高山の中央を流れる宮川の橋のたもとで、由紀の主演する新番組はクランクインした。

「由紀ちゃん」

出番待ちでイスに座っていた由紀は、その声に振り返った。

「リエ！」

思わず由紀は立ち上がった。大勢の見物人の一番前に、四、五歳の可愛い女の子の手を引いたリエが、渋い和服を着て立っていた。

「とうとう由紀ちゃん、大スターにならはったわね……おめでとう」

「ありがとう。そうか、高山は佐伯さんのふるさとだったわね」

「ええ」

「何年ぶりかね、会うの」

「十二年ぶり……今はうち、三人の子持ち」

「三人？」

「ええ、上は男の子で学校に行っているの。それに、この子と、もう一人、おなかの中……」

リエは、和服の帯のあたりを見てクスッと笑った。

「佐伯さん、元気？」

「お陰様で……一緒に会いに行こういうたんやけど、あの人、どうしても……今でも由紀ちゃんに惚れてるみたいよ」

そういってリエは、ケラケラと笑った。

「滝沢さん、お願いします」

出番をうながす助監督の声がした。

「それじゃ、すぐ終わるから待っていてよ」

由紀は立ち上がった。

「由紀ちゃん」

リエの声に由紀の足が止まった。

「由紀ちゃんに、女優として負けたかもしれへんけど、女としてはうちが勝ったような気いするわ」

ギクッと由紀の顔が硬直した。

「それじゃうち、家に用があるよって、これで」

リエは瞬間、満面の笑みを浮かべて、子供の手を引いて群集の中に消えた。

その夜、由紀は自室に木村を呼んで狂ったように、その若い肉体を求めた。

〈子供を産むぐらいどんな女だって出来るんだ〉

由紀の豊満な裸身がのけぞった。

〈だが、誰もがスターにはなれない〉

由紀の腰が激しく回転した。

〈わたしはスターになろうと思って生きてきたんだ……そして、その輝く星をつかんだんだ……これからもわたしの人生にはそれしかない〉

由紀の肉体が頂点を迎えた時、由紀の頭の中に何度もかすめたリエの幸せそうな姿は、かき消えてなくなっていた。

情事を終えた木村がポツリとつぶやいた。

「あなたという女は、不思議な女だ」

「どうして?」

「だってこの数日、食事もろくすっぽ取らずにセックスばっかりして、僕はどんどんやつれていくのに、あなたはどんどん美しくなっていく」

「ウフフ……それが女優よ」

由紀は含み笑いをして、男の股間のイチモツをグイッと口にくわえた。


（おわり）

あとがき

関本郁夫

私は一九八三年の三月、四十才の時、東映京都撮影所に辞表を出しフリーになった。

ある暑い夏の日、電話のベルが鳴った。スポーツニッポン新聞社からである。

「関本さん、ポルノ小説を書いてくれませんかね」

聞けば、にっかつロマンポルノを撮った五人の監督が、すでに内諾し発注済みとの事、東映は私一人のみである。


当時、太秦には三つの撮影所があった。東映を中心として歩いて5分の所に大映京都があり又、方向が違うが歩いて5分の所に松竹京都がある。

十八才で東映に入社。西院からバスに乗るのが楽しくてしようがなかった。選りすぐりの美女たちがバスに乗っていたからである。おそらく大映と松竹のニューフェースであろう。

当時はまだニューフェース制度があり、各社に割り当てられていた。

スポーツニッポンの依頼は承知したものの、何を書こうかと大いに悩んだ。

バスの美女を見ながら、そうだ、映画界の事を書こう。助監督時代に見聞きした事を書こう。

困った事に新聞連載というやつは、毎回セックスシーンを入れるという事だ。当時その事で苦労した。書いている内に一ヶ月では収まりきれずに二ヶ月になった。二ヶ月になったのは私一人でロマンポルノの五人の監督たちは一ヶ月で納まったらしい。

私は、監督デビュー作が二本あるという世界でも稀な男である。『女番長（スケバン）玉突き遊び』で琵琶湖をロケハンした。その時にボートに引っ張られて背中にパラシュートを背負った女性を何人か見た。クライマックスの殴り込みシーンに面白いと思いそうした。ラッシュを観てくれた、当時、社長だった、岡田茂会長が「新人監督としては、よう撮っとる」と褒めてくれた。それを訊いていた、翁長《おなが》製作部長（当時）は、初監督で主演女優を怪我させるような、ツキのない監督（関本）には全員が反対したが、皆の反対を押し切って、シリーズ作『女番長 タイマン勝負』の監督に抜擢してくれた。それが結果的にデビュー作を二本作ってしまう。

「雑魚寝」では刑務所の塀から飛び降りる事になっているが設定は同じである。その後の入院生活は実録である。

私の撮る映画とテレビはどこか実録とフィクションが入り乱れている。フィクションばかりではどうしても嘘になりがちである。本文も実録が入っているが、あくまでもフィクションである。

私は大映作品が好きで、特に映画『遊び』（監督 増村保造・主演 関根恵子）のファンであった。何度、観たであろうか、映像といいテンポといい、文句無しの映画である。

ある日、新聞のラ・テ欄（テレビ番組表）に関根恵子の名が出ていた。
その時、閃いた。
映画が不況の折、テレビの二時間もの（ドラマ）「雑魚寝」の話で行こう……。
女優は、テレビの二時間もののスターになった。

にっかつ（現・日活株式会社）から「雑魚寝」の連載が終わった頃、映画化したいといってきたが、新人女優でいきたいと、私はそれを拒否した。

今、「六連発愚連隊」と「雑魚寝」を撮りたいと思う。
「六連発愚連隊」と違って「雑魚寝」は、金もかからず場所も飛ばず、本心から撮りたいと思う。

加藤雅也とは『クレージーボーイズ』以来の付合いである。いつの日か加藤君らの手によって映画化される事を願っている。

二〇二四年九月一日

関本郁夫（せきもと　いくお）

一九四二年京都市生まれ。映画監督・脚本家。一九六一年に東映京都撮影所製作部美術課へ入社後、脚本を書き始め演出部に転属となる。

一九七三年に監督昇進、『女番長　タイマン勝負』（一九七四年公開、撮影は『女番長玉突き遊び』が先）でデビュー。『好色元禄㊙物語』（一九七五年）、『天使の欲望』（一九七九年）等の作品を発表して熱狂的なファンを獲得。

一九八三年にフリーとなり、八〇年代以降、テレビドラマも精力的に手掛けている。

松竹作品『クレージーボーイズ』（一九八八年、加藤雅也主演）他多数。『東雲楼女の乱』（一九九四年、かたせ梨乃主演）で東映作品に復帰。『極道の妻たち　赤い殺意』（一九九九年、高島礼子主演）などの極妻シリーズ、『およう』（二〇〇二年、熊川哲也主演）や『スクールウォーズ HERO』（二〇〇四年、照英主演）をヒットさせる。

〈著書〉
「映画人烈伝」（青心社）１９８０年１２月１０日発行
「映画人烈伝 改訂版」（青心社）２００２年５月１１日発行
「映画監督放浪記」（小学館スクウェア）２０２３年６月３０日発行

著者　関本郁夫
写真　加藤雅也
モデル　矢沢ようこ
編集　倉谷宣緒
資料提供　㈱スポーツニッポン新聞社
ブックデザイン　べんてんブックス

〈編集後記〉

加藤雅也さんが俳優としてデビューした頃、私はマネージャーを務めており氏の映画デビュー作『クレージーボーイズ』（関本郁夫監督）の撮影現場にも立ち会っておりました。

縁というのは本当に不思議なもので、三十年ぶりに再び関本監督とお会いしこの度の「雑魚寝」出版に関わることができた事は、私にとってこの上ない喜びです。

また、本書の出版に際し、スポーツニッポン新聞社の皆様のご協力をいただき、心より感謝申し上げます。

雑魚寝

二〇二四年十月十七日　初版第一刷発行
著者　関本郁夫
発行人　倉谷義雄
発行　㈱ベンテンエンタテインメント
〒一五〇-〇〇四三
東京都渋谷区道玄坂一丁目十二番一号渋谷マークシティW22階
☎〇三-四三六〇-五四九一（代表）
発売　㈱星雲社（共同出版社・流通責任出版社）
印刷・製本　㈱プリントパック

ISBN978-4-434-34759-7

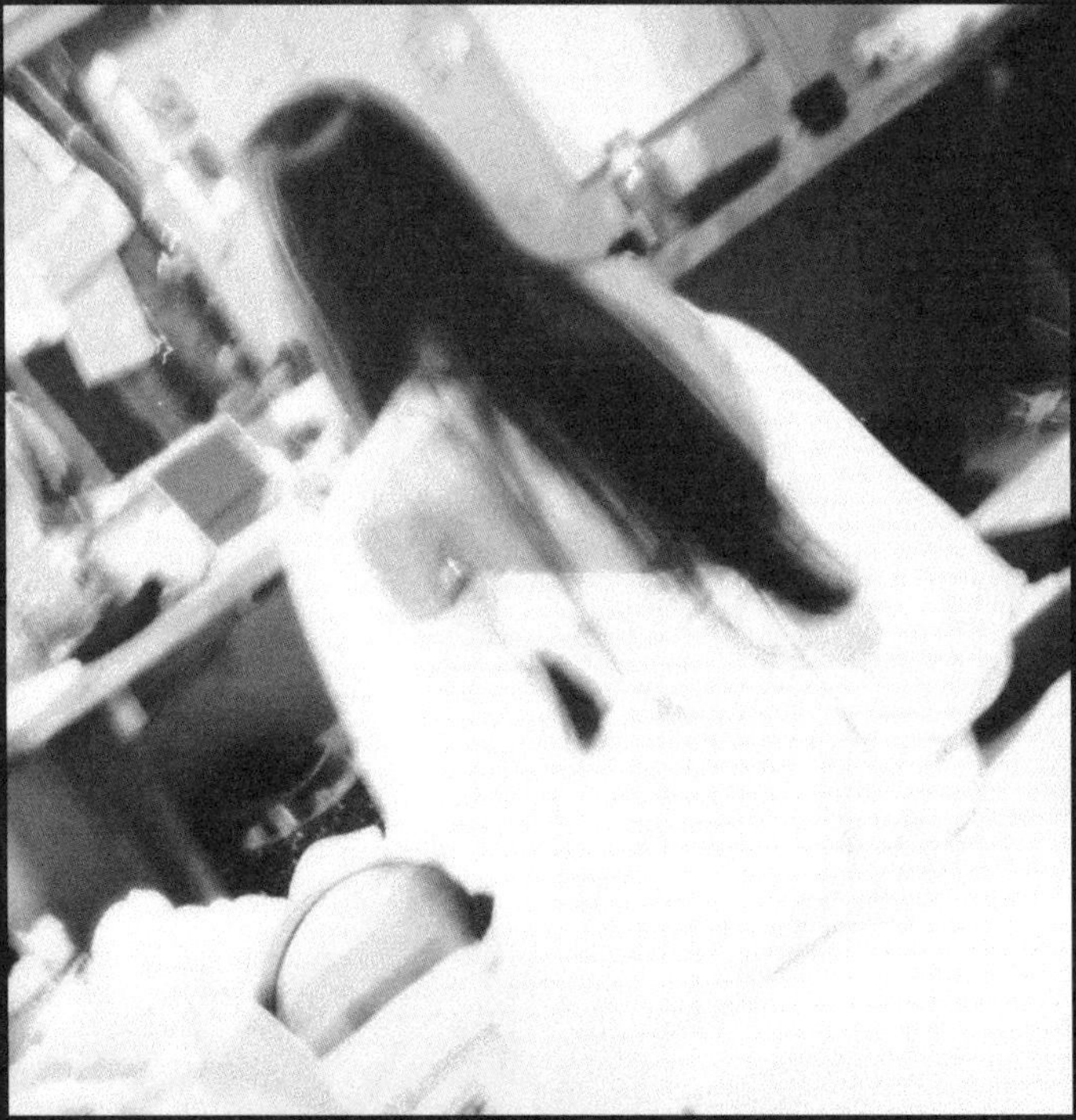